I0647012

COLLECTION MICHEL LÉVY

LES VOLEURS

DE CHEVAUX

Y^2

MICHEL LÉVY FRÈRES, ÉDITEURS

OUVRAGES

DE

F. GERSTAECKER

Publiés dans la collection Michel Lévy

LES BRIGANDS DES PRAIRIES................. 1 vol.

LES VOLEURS DE CHEVAUX................... 1 —

LES PIONNIERS DU FAR-WEST.............. 1 —

LE PEAU-ROUGE........................... 1 —

Poissy. — Typ. S. Lejay et Cie

LES VOLEURS
DE CHEVAUX

PAR

F. GERSTAECKER

TRADUIT DE L'ANGLAIS PAR

B.-H. RÉVOIL

M · L

PARIS

MICHEL LÉVY FRÈRES, ÉDITEURS

RUE AUBER, 3, PLACE DE L'OPÉRA

LIBRAIRIE NOUVELLE

BOULEVARD DES ITALIENS, 15, AU COIN DE LA RUE DE GRAMMONT

1874

LES VOLEURS
DE CHEVAUX[1]

I

LA FLÈCHE EMPLUMÉE LAISSE SA FEMME DANS SA
HUTTE — WESTON ET COTTON ATTENDANT
LEURS CAMARADES

La hutte désignée par Assowaum était d'une
construction grossière, façonnée autrefois par un
pionnier qui l'avait abandonnée sans y avoir longtemps demeuré, en égard aux marais voisins qui se
trouvaient trop souvent recouverts par les inonda-
tions de la rivière. Le toit et les murailles étaient
encore en bon état. A vrai dire, pourtant, c'était là
tout le confortable que l'on trouvait dans cette habitation primitive, car la cheminée était à bas et

1. L'épisode qui précède les *Voleurs de Chevaux* a pour titre
les Brigands des Prairies.

1

le sol défoncé. Du reste, l'absence du foyer n'empêchait pas d'allumer du feu, car les murs étaient remplis de fissures, et il y avait par conséquent assez de courant d'air pour que la fumée se dissipât d'elle-même. Le vent sifflait et soufflait à travers ces crevasses, tout en se jouant au milieu des lambeaux d'écorces appendus aux troncs d'arbres à moitié équarris.

Lorsque Assowaum et sa femme arrivèrent au but de leur marche, ils se hâtèrent de transporter la viande de cerf dans l'intérieur de la hutte. La porte était tombée de ses gonds de bois et obstruait le passage qui donnait accès dans l'intérieur. Le Peau-Rouge examina pendant un moment le wigwam abandonné et dit enfin à la squaw : — La cabane est encore bonne pour servir de refuge. Alapaha pourra attendre ici mon retour. Dès qu'elle sera revenue du prêche, elle ira porter un quartier de cerf au fermier malade. Assowaum sera revenu avant que le whip-poor-will [1] ait chanté pour la troisième fois.

1. Oiseau des États de l'ouest qui chante d'une voix triste et mélancolique.

Le Peau-Rouge ne prononça pas une autre parole, il se retourna et s'enfonça silencieusement au
milieu du taillis, les yeux fixés sur la terre. Alapaha
songea alors à remplir les ordres de son époux. A
l'aide d'un élégant tomahawk qu'elle portait à sa
ceinture, elle abattit des branches d'arbres flexibles
pour suspendre la venaison et la faire cuire, puis
elle ramassa du bois mort afin d'entretenir le feu
de la nuit. Elle coupa ensuite la viande en tranches
menues, et plaça ces *steaks* au-dessus des charbons.

Tandis que tout ce que nous avons raconté se
passait, le ciel était devenu de plus en plus sombre, une pluie fine commençait à tomber et le vent
rugissait à la cime des arbres sous lesquels la hutte
était placée. Alapaha s'accroupit devant le feu en
chantant une hymne qu'elle avait apprise à l'entendre psalmodier par les blancs, et elle attendit
de la sorte que la nuit fût venue pour s'étendre sur
le lit de feuilles où elle comptait dormir. Tout en
agissant ainsi, elle ne perdait pas de vue la cuisson
de la viande qu'elle comptait le lendemain serrer,
à la mode indienne, pour la provision d'Assowaum.

Les environs de la hutte où se trouvait Alapaha
n'étaient cependant pas aussi déserts, aussi abandonnés qu'elle aurait pu le croire. Tandis que la
belle indienne remplissait sa tâche de bonne ménagère, un jeune homme sortit du hallier, à un
demi-mille au-dessus du chemin, près de la rivière, en prenant les plus grandes précautions pour
poser les pieds au milieu des ornières de la route.
Cet individu examina avec anxiété la berge opposée, comme s'il se fût attendu à voir venir quelqu'un par cet endroit. L'atmosphère était froide, et
le personnage suspect se frottait les mains, puis se
frappait les épaules pour se réchauffer. A différents
intervalles, il s'avançait sur le sol couvert de
feuilles mortes, en ayant soin de s'arrêter de temps
à autre pour voir si, à l'endroit qu'il venait de
quitter, il n'avait laissé de traces trop apparentes.

Bientôt un autre homme vint rejoindre le premier. Le nouveau venu était enveloppé dans une
couverture, et son vieux chapeau, usé et déchiré,
lui descendait jusque sur les yeux. Il portait une
carabine sous le bras, sans doute pour empêcher
que la pluie n'en fît rouiller la platine. Il s'arrêta

bientôt près de son camarade qui restait attentif et lui jeta un éclat de rire au visage.

— Eh quoi! Weston, lui fit-il, on dirait que vous êtes fatigué. Vous avez froid, peut-être, mon bon? Aussi, pourquoi diable ne vous êtes-vous pas muni de votre couverture? Je vous avais pourtant bien conseillé de le faire. N'avez-vous rien encore entendu?

— Non, pas le moindre bruit, répondit le jeune homme d'un ton colère. Je ne pense pas qu'ils arrivent ici cette nuit. Diable! je ne serai pas content, je vous le jure, s'il me faut passer encore une nuit sans feu ni couverture. Demain matin je serai mort.

— Damnation! le shérif perdrait à cela une vingtaine de dollars, fit en riant Cotton, — car c'était bien le digne camarade du brigand. — Allons! courage! je ne pense pas que nous devions attendre longtemps ici. Rowson connaît tous les méandres de ces bois, et Johnson est aussi habile que lui. Donc ils se tireront d'affaire sans difficulté. Qui plus est, ne m'avez-vous pas dit que Rowson devait prêcher demain dans la ferme qui est près d'ici? Cette seule raison l'engagera à faire tout son pos-

1.

sible pour être exact à son rendez-vous religieux, afin de ne pas éveiller les soupçons. Mordieu ! cet odieux coquin de méthodiste est ma bête noire, et pourtant il faut convenir que le drôle sait bien faire nos affaires. Il n'est pas difficile de deviner qu'il est né dans le pays des Yankees.

— Le meurtre de Heathcott fait grand bruit dans le comté, et il paraît que Brown est celui qui a fait le coup. On a aussi parlé de vous, mon cher.

— De moi ? Et pourquoi diable mêle-t-on mon nom à cette maudite accusation ? Je n'ai jamais vu ce jeune homme. Dois-je donc être accusé de tous les crimes qui se commettent dans cet État ?

— Que diable cela peut-il vous faire ? répliqua Weston en riant ; calmez-vous, mon bon ! ce n'est pas du meurtre que l'on vous accuse, mais du vol.

— De quel vol s'agit-il ?

— On prétend que le mort avait dans sa poche le prix de trois excellents chevaux qu'il avait vendus environ quatre à cinq cents dollars, et les billets contenus dans son portefeuille ont disparu.

— Diable ! c'était un beau coup à faire. Une double chance de bonheur à courir ! Se débarrasser

d'un Régulateur et trouver un sac de dollars!
Brown n'est pas un imbécile. Et pourtant, vous savez bien, Weston, que Brown n'a jamais rien eu de
commun avec nous. Quelle inimitié existait donc
entre lui et le Régulateur ?

— Oh! c'est toute une histoire. Les femmes de
la ferme disent que Heathcott et Brown faisaient
la cour à la même femme, et que c'est à cause de
cette rivalité qu'ils se détestaient mutuellement.
Du reste, là n'est pas la question. Ce qui nous importe, c'est d'être débarrassé de Heathcott. Comment cela s'est-il fait ? Nous n'avons pas à nous occuper de cela.

— Un mot encore, pourtant. Harfield ne paraît
pas aimer à plaisanter, et s'il trouve notre piste,
nous aurons fort à faire pour nous débarrasser de
lui. Je ne sais vraiment pas quelle marche nous
suivrons pour éviter d'être poursuivi par ces ca-
nailles-là. Ce qu'il y a de certain, c'est que si j'é-
tais à vos trousses, vous auriez grand'peine à vous
tirer de mes griffes.

— Allons donc ! répondit Weston d'un air de dédain. D'ailleurs, ne craignez rien, l'affaire a été

bien conduite : ce Rowson est un rusé compère, et c'est lui qui s'est chargé de l'opération. Avant d'atteindre les bords de la rivière, leur intention était de suivre encore le grand chemin.

— Le grand chemin, dites-vous ? s'écria Cotton stupéfié.

— Certainement, la route publique, ouverte à qui bon veut y passer. Et de cette manière, leurs pas seront bien marqués. Puis ensuite ils descendront vers la rivière, et... ils y resteront.

— Que dites-vous ? rester dans la rivière ; mais jusqu'où iront-ils ?

— Bien bas, bien loin, hors de portée. Enfin, quand ils auront rejoint le bout du monde, du vaste monde.

— Mais les chevaux ne pourront pas nager aussi loin.

— C'est pour cela que j'ai caché par ici le canot de Hoswell. Le voyez-vous, là-bas, amarré sous les roseaux ? J'en ai ensuite remisé un autre dans un lentisque, un peu plus bas : j'ai pris ce dernier chez Stewart, à l'embouchure du ruisseau. Les deux propriétaires penseront que leurs embarcations ont été entraînées par le courant dans les eaux de l'Arkansas. A l'aide de ces deux barques, nous pourrons emmener les animaux aussi loin que bon nous semblera, ou tout au moins jusqu'à l'endroit désigné par Rowson. A dater du moment où nous serons parvenus à ce rendez-vous convenu, je vous abandonnerai la direction de l'entreprise, car j'ignore le chemin qui conduit à l'île, comme vous appelez cet endroit-là.

Pendant que nous agirons ainsi, Johnson se chargera d'emmener ceux qui nous poursuivront sur une fausse piste, et s'il réussit dans cette opération, nous serons hors de danger, particulièrement s'il pleut demain, comme je l'espère. Nous entraînerons alors notre capture à travers bois, et si, par bonheur, nous pouvons atteindre les marais du Mississipi, nous ferons la nique à nos ennemis. Johnson est certain que nous trouverons des gens prêts à nous tendre la main dans ces parages : il prétend que les fermiers de ce pays savent à quoi s'en tenir à ce sujet, et qu'ils ne se donneront pas la peine de nous poursuivre si loin.

— Tout est bien dit, et j'aime à vous entendre

parler, mon bon ami ; mais les habitants des bords
du Spring-River ne croiront pas, que je sache, que
nous et leurs chevaux avons pris notre volée en
plein air, comme cela est représenté dans une gra-
vure que j'ai vue l'autre jour dans une cabane d'Allemands.

— Sachez donc encore, mon camarade, que là-
bas, le champ de cannes, ou plus bas encore, car
c'est au milieu de la rivière, sur le lit de cailloux
entouré de joncs, votre cheval nous attend.

— Mon cheval ?

— Mais oui ! votre bête, et celle de Johnson
aussi : deux chevaux blancs ! Dès que nous serons
partis, vous et moi, sur les quadrupèdes confisqués,
ces deux chevaux seront conduits au haut du courant où le fond est très-élevé. Johnson s'en ira ensuite au galop sur la grande route, comme s'il se
rendait à Hot-Springs. Si ceux qui se sont mis à
notre poursuite arrivent demain ou après, et qu'il
ait plu dans cet intervalle, notre précaution sera
inutile. Mais au cas où, comme je le crains, ils seront sur nos talons, ils examineront naturellement
la piste des chevaux, et ils arriveront en la suivant

jusqu'au bord de la rivière de ce côté-ci du courant d'eau, et dans l'eau elle-même de l'autre côté, sur la rive opposée. Naturellement ils suivront la piste de ce côté-ci, et cela, chose importante, sans descendre de cheval, sans trop examiner le terrain. S'ils s'emparent de Johnson, ils ne trouveront pas leurs animaux dans... ses poches, et il ne leur enseignera pas les moyens de les retrouver. De cette manière ils apprendront, lorsqu'il sera trop tard, qu'ils ont fait fausse route. Tant mieux, du reste, si Johnson ne tombe pas dans leurs mains ; il pourra, par un sentier connu de lui et de nos amis seulement, arriver à l'île, où il annoncera l'arrivée des chevaux, et où il vendra nos bêtes en même temps.

— Que dites-vous ? Il vendra mon cheval ?

— Voyons ! pas de bêtises, Cotton, fit Weston en éclatant de rire. D'ailleurs, ne vous comptera-t-on pas l'argent qui vous reviendra pour cette opération ?

— Oui ! mais ce sera tout au plus la moitié de ce que vaut mon cheval.

— Et puis, ajouta Weston, sans faire attention à

cette interruption, dans les circonstances présentes,
il ne faut pas, sous aucun prétexte, que l'on vous
revoie dans ce pays. Je vous conseille de quitter le
comté aussitôt que possible.

— Mais quel rapport a ce conseil-là avec la
vente de mon cheval?

— Ou je me trompe bien sur votre compte, mon
cher, ou je crois que vous tenez peu à quitter
Fourche-la-Fave avec *votre* cheval à vous, ajouta
Weston en souriant.

— Et vous avez raison, riposta Cotton, votre
observation était juste. En disant ces mots le bandit
prit un air vaniteux. Savez-vous bien que...

— Ne criez donc pas si fort! que savez-vous s'il
n'y a pas quelqu'un qui pourrait nous entendre
dans les environs? Cette après-midi on a tiré quelques coups de fusil par ici.

— Savez-vous que j'ai trouvé un cheval dont
j'ai grande envie de m'emparer ?

— Ah bah! et quel est l'heureux mortel qui a
l'honneur de posséder cet animal fantastique ?

— C'est Roberts : il a dans son écurie un étalon
qui n'a pas son pareil au monde.

— En vérité, Cotton, vous perdez la tête. Je conviens que si jamais vous étiez en selle sur cette bête, vous feriez belle figure ; mais le vol et la disparition de l'étalon de Roberts feraient grand bruit dans le pays.

— Oh ! j'ai un plan parfait pour réussir, répliqua Cotton en se rengorgeant. Rowson est d'ailleurs un bon compagnon pour m'aider. J'admire la manière dont il sait captiver toutes les femmes du comté et se moquer d'elles. Comme ces dames ouvriraient les yeux si elles le voyaient, cette nuit, galopant à travers le taillis, avec deux chevaux volés !

— Mistress Roberts le prend pour un saint. Que m'importe, d'ailleurs ! et pourtant je suis fâché de voir que la belle Marion soit à la veille d'épouser ce brigand-là. A propos, Cotton, j'ai un mot à vous dire. Je vous ai souvent entendu, vous et nos amis, parler de l'île. Je voudrais bien moi-même savoir d'une manière explicite ce que vous entendez par ce mot : l'île. Est-ce vraiment une île ? et dans ce cas, où est-elle située ?

— Je ne puis vous répondre catégoriquement, murmura Cotton d'un air mystérieux. C'est un se-

2

cret que je ne puis confier qu'à bon escient. D'ailleurs, il m'est défendu de rien dire, et je serais
dans de mauvais draps si je parlais. Tout ce que je
puis vous avouer, c'est que l'île est située sur le
Mississipi, et que ceux qui y demeurent sont nos
amis. Du reste, je ne suis jamais entré dans cette
enceinte.

— Une île sur le Mississipi! bah! mais c'est qu'il
y en a un très-grand nombre, savez-vous! Vous
dites que nous avons là des amis; mais, mordieu!
la moitié de l'Arkansas est bien disposée pour nous.
Voyons! voyons! expliquez-vous plus clairement à
ce sujet. Quel est le numéro de cette île? car vous
n'ignorez pas que toutes les îles du fleuve sont dé-
signées par un numéro.

— Oui, sans doute, je sais cela, répliqua Cotton
avec un sourire railleur. Mais brisons là, je ne
puis rien vous dire de plus. Vous apprendrez plus
tard toute l'histoire. Dans quelques jours nous
arriverons là-bas. Ayez patience jusqu'à ce moment,
et mettez un frein à votre curiosité de femme.
Chut! taisez-vous! Quel est ce bruit?

— Silence! répliqua Weston. Ah! c'est le cri du

whip-poor-woll. Rowson nous avait dit qu'il nous appellerait à l'aide d'un signal. Serait-ce cela, par hasard? A tout hasard je vais répondre sur le même ton : il n'y a pas de danger à le faire. Tout est tranquille autour de nous.

En disant ces mots, Weston porta deux de ses doigts à ses lèvres et imita le cri strident du petit oiseau.

Aussitôt une réplique se fit entendre, pareille à celle que Johnson avait adressée aux échos, et un moment après, deux hommes, Rowson et Johnson, se montrèrent, avançant au grand trot. En quelques enjambées ils atteignirent la rive du courant d'eau, et secouèrent leurs chapeaux dans l'air, comme pour annoncer qu'ils avaient réussi dans leur entreprise.

II

LA RUSE DES VOLEURS DE CHEVAUX — LA SURPRISE — ALAPAHA ET ROWSON

— Hourra! s'écria Weston dès qu'il aperçut les magnifiques chevaux qui, dans ce moment, descendaient la berge de la rivière et arrivaient sur le bord de l'eau. Hourra! répéta-t-il, sans prendre garde à l'injonction de ses camarades, voilà des animaux qui ont du prix!

— Êtes-vous insensés l'un et l'autre, murmura Rowson d'une voix irritée, ou bien voulez-vous attirer par ici le premier passant qui se trouverait à portée de vous entendre? Silence, et réservez vos élans de joie pour le moment où vous aurez rempli votre tâche et mené l'entreprise à bonne fin. Où sont vos chevaux?

— Là-bas, à l'endroit convenu, répondit Weston.

— Dans ce cas, hâtez-vous; allez les chercher, et surtout faites en sorte que leurs sabots ne laissent pas de traces sur la boue; faites-les avancer dans l'eau profonde.

— C'est bon, je sais ce qu'il faut faire; me prenez-vous pour un imbécile?

Le jeune bandit se rendit en toute hâte à l'endroit où il avait laissé les deux montures, et quelques instants après il revint en se tenant avec toutes les précautions possibles au milieu du courant, lequel, dans cet endroit, avait tout au plus trois pieds de profondeur.

Et maintenant, où sont les bateaux? Il n'y a rien à craindre en laissant les chevaux piétiner ici; car si ceux à qui nous les avons pris nous poursuivent, ils s'imagineront que nous avons fait passer l'eau à leurs bêtes. Si au contraire nous laissions les chevaux stationner de l'autre côté nos ennemis examineraient plus sérieusement les empreintes de leurs sabots, et chercheraient à savoir pourquoi nous nous sommes arrêtés si longtemps ici; et puis alors

ils s'apercevraient peut-être que les marques ne
sont pas celles de leurs chevaux. Cette remarque
leur serait facile à faire, grâce à la largeur des
fers de la bête de Cotton.

Weston et Cotton disparurent au milieu du cannier, et quelques instants après on les vit repa-
raître chacun dans un canot.

— Arrêtez ! n'avancez pas plus loin, fit Johnson.
Il ne faut pas laisser dans la vase l'empreinte des
canots. C'est bien, restez là. Amenez les chevaux
maintenant. Voyons, Rowson, entrez dans l'eau. Il
ira deux chevaux dans le grand canot et un dans
le petit. Laissez-moi d'abord changer de monture.
Ah ! voilà qui est bien ; je me sens soulagé à cette
heure, que me voici à califourchon sur une bête
qui m'appartient.

— Montrez-nous, Johnson, que vous savez bien
monter à cheval, fit Rowson, tandis que son camarade s'apprêtait à remonter sur la berge. Nos chevaux peuvent aller bon train, car ils se sont longtemps reposés. Servez-vous avec eux du fouet et de
l'éperon, et souvenez-vous que chaque mille que
nous mettons entre nous et nos ennemis vaut de l'or.

— Ne craignez rien, répondit Johnson en riant;
ils devront aller bien vite, ces enragés régulateurs,
s'ils veulent s'emparer de moi. Si cela leur arrive,
je m'en moque; car j'ai pris mes précautions en
disant à mes amis que j'avais l'intention d'emmener
mes chevaux et quelques autres bêtes dans les
états du Sud, persuadé que j'étais d'en obtenir un
bon prix.

— En route, alors, répliqua Rowson. Nul ne
saurait dire en combien de temps nos ennemis
seront sur nos talons, et s'ils nous surprenaient,
notre affaire serait claire.

— Mais les provisions de bouche? observa
Cotton.

— Oh! je m'en passerai, riposta Johnson du
haut de la berge. Il faudra bien faire reposer les
chevaux, et alors nous aurons occasion d'aller,
chacun son tour, demander à manger dans quelque
habitation.

— De quelque manière que ce soit, vous ne vous
arrêterez pas ce soir, car si ceux qui nous poursuivront retrouvent la piste de notre marche, il
leur serait facile, d'après la description qu'on leur

ferait de ces chevaux, de deviner quelle direction vous avez prise.

— Ne craignez rien, nous ne nous arrêterons pas avant demain après midi; les chevaux feront comme nous, ils se passeront de manger.

— Bonne chance, donc! s'écria Johnson, qui, en disant ces paroles, poussa une exclamation qui lui était familière quand il était à la chasse, et éperonna son cheval, qui l'emporta au milieu des arbres de la forêt.

— Jusqu'ici tout va bien, remarqua Rowson, et maintenant, Cotton, comment allons-nous nous y prendre pour ces chevaux ? Avant tout, nous ferions mieux de quitter cet endroit, et de descendre la rivière à un mille plus bas. Ici, sur ce chemin public, nous sommes exposés non-seulement à être aperçus par le premier passant, mais encore par ces maudits Régulateurs, qui peuvent tomber sur nous au moment où nous y penserions le moins. Aussi, croyez-moi, ne nous occupons pas à attacher les chevaux aux deux canots; nous pouvons, avant d'en agir ainsi, les conduire plus loin, en aval de la rivière. Au premier banc de sable où nous par-

viendrons nous ferons nos préparatifs, et avant
qu'il soit nuit tout sera prêt.

Ces observations étaient très-justes, et le plan
proposé par le méthodiste trop sage pour que son
camarade y fît la moindre objection. Les deux brigands se hâtèrent, et quelques minutes après les
dernières paroles de Rowson, les deux bateaux, à
chacun desquels on avait attaché trois chevaux,
descendaient le courant le long de la rivière, et
se trouvaient bientôt cachés aux yeux des passants
voyageant sur la grande route.

— Sacrebleu! je me sens plus à mon aise, murmura Rowson. La nuit devient de plus en plus
noire, et si nos ennemis nous poursuivent dans
l'obscurité, ils seront déçus par la ruse que nous
avons préparée. Hourra! mon cœur se réjouit en
songeant à ces diables vivants qui, les yeux hors de
la tête, galopent sur nos traces, la rage dans le cœur
et prêts à nous sauter à la gorge. Je les vois éperon-
ner leurs chevaux, je devine leur désappointement
en s'apercevant qu'ils se sont trompés. Je contemple
la face de mouton de l'ami Johnson qui déclare
avoir le cœur marri d'être la cause innocente de la

2.

fuite des criminels, qui ont ainsi évité le châtiment qu'ils méritaient. Quelle bonne farce !

— Nous voici arrivés à un banc de sable, fit alors Weston en interrompant son camarade. Les animaux ont pied par ici, et il serait bon, je crois, de disposer tout ce qui peut favoriser notre fuite, et de les attacher convenablement aux canots ; car à quelques pas plus loin, là-bas, à l'endroit où la rivière décrit une courbe, le courant devient profond, et les chevaux devront nager pendant un certain temps. J'ai examiné la place ce matin, tout en remontant la rivière.

— Si je ne me trompe pas, observa Cotton en regardant dans la direction du banc de sable, il doit y avoir par ici une hutte abandonnée. Il y a trois ans, nous y avons campé, Johnson et moi, lorsque nous nous rendions chez les Cherokees. Mais depuis, le fourré est devenu si épais, qu'il est impossible de reconnaître l'emplacement. Bon ! je me reconnais, s'écria-t-il au moment où les canots s'engravaient. Je me souviens de ce platane renversé qui tomba pendant la nuit que nous passâmes là. Si par malheur l'arbre s'était couché du côté opposé, nous eussions été écrasés.

— Et tout l'Arkansas eût été en deuil, car il eût perdu en vous deux de ses plus honorables citoyens.

— Taisez-vous, mauvais plaisant ! Mais, j'y songe, m'est avis qu'il vaut mieux se taire dans ces parages. Que faites-vous donc ?

— Je veux relier les deux embarcations ensemble, fit Rowson, et de cette manière, nous placerons deux chevaux de chaque côté et deux autres derrière nous. Nous ne serons plus obligés de ramer si fort, car le courant est très-rapide. L'un de nous s'occupera de la manœuvre du gouvernail ; les autres auront soin des chevaux, pour qu'il ne leur arrive rien de mal. A minuit, nous arriverons à l'endroit appelé Davil's-Crook, et c'est là comme nous en sommes convenus, que je vous abandonnerai à votre sort ; surtout, évitez les grands chemins, et n'hésitez pas à faire galoper vos montures. Au cas où les drôles qui ont intérêt à vous poursuivre seraient demain sur vos traces, ce qui n'arrivera pas, je le crois, mais ce qui peut être pourtant,

vous aurez une avance de douze heures sur eux et
d'excellents chevaux à votre service. Cotton, vous
connaissez bien le chemin, n'est-ce pas ?

— J'ose le croire, répliqua celui-ci, car je l'ai
parcouru assez longtemps pour cela avec cinq
gredins à mes trousses. Si nous avons le bonheur
de parvenir jusqu'au marais du Mississipi, où je
connais tous les sentiers, nous serons sauvés. Il y a
surtout un certain endroit du pays où je ferai tomber un arbre en travers du chemin, et nos ennemis
auront du travail pour un grand jour, s'ils veulent
passer outre à cheval. Il y a longtemps que j'ai
songé à passer par là, lorsque je courrais un grand
danger.

— Mais où trouverez-vous une hache pour couper le tronc de l'arbre ?

— Oh ! cela ne m'embarrasse pas. Le mois dernier, j'ai caché un excellent couperet dans le tronc
creux d'un arbre, à quelques mètres du passage
dangereux. Au cas échéant, j'aurai mes outils sous
la main.

— Bravo, s'écria Rowson, qui avait achevé de
lier les deux canots. Maintenant, Cotton, j'ai

quelques conseils à vous donner pour ce qui vous reste à faire. Weston connaît l'endroit où vous allez d'abord mettre pied à terre : c'est une plage couverte de cailloux, et où, — ce qui est un avantage immense, — on ne vous apercevra pas de la rivière. A cent pas environ de cet endroit, près d'un pin renversé, Atkins m'a promis de mettre en réserve pour vous du pain et d'autres provisions.

— Pourquoi ne nous accompagnez-vous pas jusqu'à cette cachette, Weston ?

— On pourrait suivre ma piste, répliqua Rowson, tandis qu'à Devil's-Crook, cela m'est impossible. Il me suffira de faire un détour à travers les montagnes, et je reviendrai à la ferme (où je dois prêcher) par une voie toute différente. J'ai quelque inquiétude au sujet de ce maudit Peau-Rouge, car si nos ennemis avaient l'idée de le mettre sur ma trace il pourrait nous arriver malheur. Il est donc important de prendre toutes nos précautions... Dites-moi, Cotton, n'avez-vous donc rien emporté à manger ? J'ai une faim qui n'a pas sa pareille au monde. Tout à l'heure, tandis que nous passions le long de ce bouquet de bois, il m'a semblé sentir le

fumet d'un rôti de venaison. Je donnerais gros pour
en avoir un morceau à mettre sous la dent. Quel
malheur que vous n'ayez pas songé aux vivres ! On
ne s'embarque pas ainsi sans biscuit. Vous avez
perdu la tête en agissant ainsi.

— J'ai laissé au milieu du cannier où nous avions
caché nos chevaux mon mouchoir, dans lequel
j'avais enveloppé des galettes de maïs et de la
viande de cerf, fit Weston. Je n'ai plus songé à ces
provisions, et je crains bien, maintenant, qu'il soit
trop tard pour aller les chercher.

— Que diable ! vous auriez dû plus tôt penser à
cela. Ne pourrais-je pas, en y allant, trouver le
paquet ?

— Non, je ne le pense pas, car j'ai caché cela
avec soin. Mais ne ferions-nous pas mieux de nous
dépêcher à fuir ?

— Attendez donc que Cotton ait tressé cette
bride solidement. Si elle se cassait en route, cela
nous ennuierait plus que le chanvre n'en vaut la
peine, et peut-être même serait-il impossible de
raccommoder cela dans l'obscurité.

— Racontez-nous donc, Rowson, comment vous

avez fait pour enlever les chevaux? fit Cotton, tout
en donnant la plus grande attention à la répara-
tion qu'il faisait à la bride. Racontez-nous le maintenant, car lorsque nous serons sur la route, il ne
nous restera plus guère de temps pour causer. Et
puis après, nous n'aurons plus guère l'occasion de
nous revoir.

— Oh! l'affaire peut être racontée en peu de
mots, répliqua Rowson en souriant et en coupant
un morceau de corde de tabac qu'il s'empressa de
mettre dans sa bouche. Nous avons eu la chance de
ne rencontrer personne le long du chemin, et nous
sommes parvenus sans encombre, au coucher du
soleil, à la source de la Spring-Creek. Nous nous
glissâmes alors autour du moulin, et dès que les
hiboux se mirent à chanter, nous nous rapprochâ-
mes de l'enceinte où l'on renferme les juments,
mais nous ne vîmes aucun de ces animaux. Je me
sentais peu à mon aise, je l'avoue, car suivant nos
calculs, les chevaux devaient se trouver là à l'heure
qu'il était. Nous n'avions pas pu prévoir ce contre-
temps : aussi, Johnson et moi, nous nous hissâmes
dans les branches d'un arbre, pour prévenir toute

surprise et pour mieux voir ceux qui entreraient ou sortiraient de l'habitation. Ce fut heureux pour nous que nous eussions agi de la sorte, car à peine étions-nous installés que Harfield lui-même... Que dites-vous, Cotton?

— Rien... Mais pourquoi? Je n'ai pas ouvert les lèvres.

— Il m'a semblé entendre un bruit..... Nous aperçûmes donc Harfield qui revenait de la chasse avec sa meute. Si nous avions été par terre, les chiens nous auraient sentis, et c'en était fait de Johnson, car Harfield a juré de lui casser les reins; et, puis, les brides que nous portions sur nous eussent trahi nos desseins. En passant, les limiers levèrent le nez en l'air, et humèrent la brise, ce qui nous causa quelque frayeur, car ils étaient au pied de l'arbre sur lequel nous étions perchés. Ils allèrent bientôt rejoindre leur maître qui s'était porté en avant. Nous nous étions naturellement tenus cois. Bientôt notre anxiété disparut, car nous vîmes arriver les chevaux. La nuit n'était pas encore venue. Il nous fut donc facile de choisir ceux qui nous plaisaient le plus dans la manade. Nous les harnachâmes avec nos brides, puis, nous élançant sur leur dos, nous partîmes comme l'éclair au milieu du taillis. Je crus, à diverses reprises, que nous allions nous casser bras et jambes. Il s'agissait d'empêcher ceux qui allaient nous poursuivre de retrouver nos traces : en conséquence, nous galopâmes pendant quelque temps en décrivant de grands cercles et des zigzags sur la grand'route, puis nous nous séparâmes en allant chacun dans une direction opposée. Ce fut seulement lorsque nous crûmes être à l'abri de tout danger que nous nous relâchâmes de la prudence qui jusque-là avait guidé nos pas.

— Les chevaux ne vous ont-ils pas d'abord donné quelque mal à les conduire?

— Oui. Dans le premier moment, ils se démenaient comme des diables; car lorsque nous nous fûmes emparés du dernier, les premiers avaient rompu leurs liens. Bien mieux encore, ils hennissaient et se trémoussaient le long de la balustrade, comme s'ils avaient été libres au milieu du bois. Le cheval bai brun, entre autres, m'entraîna quatre ou cinq fois autour de l'enceinte, d'une course désordonnée, avant qu'il me fût possible de le tenir en respect.

— Comme Harfield a dû enrager! s'écria Cotton. Voilà bien longtemps qu'on n'avait volé six chevaux à la fois à un fermier; bien mieux, je crois que cela n'est pas encore arrivé.

— Et c'est le pieux M. Rowson qui a été à la tête de l'entreprise! ajouta Weston en éclatant de rire.

— Ah! un mot encore, Rowson, ajouta Cotton, en adressant un regard, tout en tressant son bridon, au méthodiste qui paraissait réfléchir: sur quel sujet allez-vous prêcher demain? quel sera le texte de votre sermon? Je donnerais quelque chose pour entendre votre pieuse oraison.

— Le diable emporte le prêche de demain! s'écria Rowson d'un ton colère. Je voudrais bien pouvoir me dispenser de cette momerie, car il me sera impossible de donner toute l'attention nécessaire à mes paroles, tant j'aurai de l'appréhension au sujet...

— Des chevaux?

— Mais sans doute. Et je serai pourtant obligé de réciter leurs prières et de chanter leurs hymnes stupides et ennuyeuses.

— La veuve aux vastes appas va s'évanouir de componction, ajouta Weston avec un air hypocrite.

— Et la jolie squaw Alapaha viendra s'entretenir avec lui, continua Cotton. Diable ! Rowson, mon cher, vous avez bon goût !

— Voyons, voyons, hâtons-nous ! s'écria celui-ci ; il est temps de partir. Je commence à avoir froid, et les chevaux pourraient prendre mal. Nul d'entre vous n'a-t-il une goutte de whisky ? Cette canaille de Johnson a emporté ma gourde avec lui, et n'a pas songé à me la rendre... Damnation ! laissez-moi donc une goutte de liqueur ! Vous êtes égoïste, mon cher, car vous aspirez le flacon comme si vous vouliez aspirer l'air qu'il renferme.

Cotton, qui s'était rafraîchi ou plutôt réchauffé le premier, tendit le flacon au méthodiste, et celui-ci ayant pris une forte dose d'alcool, rendit le récipient à son propriétaire.

— Voilà qui est bon pour donner du courage à un lâche, observa Cotton en faisant claquer ses lèvres. Cela vaut mieux qu'un manteau pour tenir chaud, n'est-ce pas ?

— Oui, et la chaleur est assez nécessaire par le

temps qu'il fait, ajouta Rowson en frissonnant:
cette maudite pluie fine pénètre jusqu'à la moelle
des os.

— Allons! voilà qui est fait, nous pouvons partir
maintenant, s'écria Cotton en passant autour du cou
de son cheval le bridon qu'il avait arrangé à son
intention. Dépêchons-nous, la nuit devient de plus
en plus noire, et déjà... Damnation! ajouta-t-il
d'une voix contenue, qu'est ceci? une lumière au
milieu du taillis?

— Où cela? demanda Rowson alarmé.

— Là, dans cette direction, probablement dans
la hutte.

— J'aperçois quelque chose qui remue dans le
taillis! s'écria Weston, dont les yeux perçants
avaient distingué la forme d'un être humain se cachant derrière les buissons s'élevant tout le long du
courant d'eau.

— Diable! hurla Cotton, nous sommes trahis! Et,
aussi rapide que la flèche, le misérable s'élança,
suivi par Rowson, jusqu'au haut de la berge. Un
instant après, les deux brigands parvenaient au
centre du taillis et entouraient la pauvre Indienne,

qui avaient suivi tous leurs mouvements et entendu toute leur conversation.

— Alapaha ! vociféra Rowson ébloui.

— La Peau-Rouge ! ajouta Cotton terrifié.

— Êtes-vous seule ici? demanda d'une voix
saccadée le prédicateur méthodiste à la femme
d'Assowaum, êtes-vous seule ? Où est la Flèche emplumée?

La pauvre créature était dans l'impossibilité d'ar-
ticuler une parole. Elle demeura pendant un certain
temps immobile, les yeux fixés sur cet homme hypocrite qui venait lui-même de se démasquer devant
elle. Son regard était terrifique et flamboyant, et le
brigand ne put supporter plus longtemps cet examen
impassible. La fille orgueilleuse des forêts examinait à loisir l'homme qui avait arraché de son cœur
la foi qu'elle avait dans le Dieu de ses pères, et
attiédi l'affection qu'elle entretenait en son âme pour
son mari. Elle songea alors au malheur qui la
frappait, malheur imprévu, car elle avait renié le
grand Esprit adoré par ses ancêtres au fond des
vastes forêts agitées par le vent, au murmure caden-
cé des ruisseaux cachés sous la verdure; malheur

sans remède, car elle avait ajouté foi aux paroles menteuses de ce misérable hypocrite, qui passait à ses yeux pour un saint, et qui, à l'heure présente, était... (son âme se brisa en y songeant), était... un voleur et un homme sans foi ni loi.

Alapaha cacha enfin son visage dans ses mains, et des larmes s'échappèrent de ses yeux, qui coulèrent entre ses doigts.

— Les chevaux piétinent et s'impatientent, fit à la fin Cotton d'un ton de mauvaise humeur. Qu'allez-vous faire de cette femme?

— Laissez-moi seul avec elle, répliqua Rowson d'une voix contenue, tandis qu'un sourire satanique altérait l'expression de son visage.

— Vous laisser seul avec elle! Pardieu! c'est ce que vous voulez, grand séducteur! répondit le misérable Cotton en lui adressant un regard ironique. Je comprends! la squaw est assez jolie pour cela; mais nous n'avons pas le temps de nous amuser; aussi, mon cher...

— Partez avec les chevaux, s'écria Rowson d'une voix à moitié contenue. La rivière fait là-bas un coude qui s'étend jusqu'à trois mille d'ici. Je cou-

perai court à travers bois. Allez, Cotton, vous ai-
derez Weston à maintenir les chevaux, car à lui seul
il ne pourrait rien faire.

— Quel sort réservez-vous à cette femme?

— Ne vous inquiétez pas à son endroit, murmura
Rowson. Si elle révélait ce qu'elle a vu, je courrais
grand risque d'être pendu; aussi...

— Quoi que vous fassiez, mon cher, hâtez-vous,
répliqua Cotton.

— C'est bien, je vous rejoindrai.

— N'oubliez pas que vous êtes responsable des
conséquences de l'embarras que vous pourrez nous
occasionner.

— Partez ! laissez-moi, vous dis-je.

Cotton ne se le fit pas dire deux fois, il se laissa
couler le long de la berge de la rivière, et quelques
secondes après, les bateaux et les chevaux descendaient le courant à travers la brume épaisse qui
couvrait le paysage.

III

LA JEUNE INDIENNE DÉMASQUE L'INFAMIE DU MÉ-
THODISTE — LA FUITE DES BRIGANDS

— Où est Assowaum ? demanda tout à coup le
brigand d'une voix contenue, en s'avançant vers la
jeune Indienne.

Celle-ci, soit qu'elle s'attendît à cette question,
soit qu'elle ne l'eût pas entendue, ne desserra pas
les lèvres, et le bruit seul de ses soupirs, comme
aussi la respiration saccadée du prédicateur, trou-
blèrent seuls le silence de la nuit.

— Où est Assowaum ? répéta Rowson après quelques instants de silence, en s'emparant du bras
droit de la squaw éplorée.

Alapaha tressaillit au toucher de cet homme ; on

eût dit qu'elle avait été piquée par un serpent : elle se débarrassa de cette étreinte et s'écria d'une voix accentuée :

— Laissez-moi ! Vos paroles sont du poison, vos mains donnent la mort. Votre langue ne sait que mentir et votre cœur est l'asile de Satan. Laissez-moi ! Partout où vous posez le pieds, les fleurs et les plantes doivent être brûlées ; partout où vous passez, les oiseaux se taisent ! Votre dieu est le dieu de la trahison, car s'il en était autrement, depuis longtemps vous eussiez été frappé par lui de sa foudre vengeresse. Vous me faites horreur, laissez-moi !

— Où est Assowaum ? répéta le prédicateur d'un ton menaçant, répondez ! Damnation ! Par la mort-Dieu ! parlez !

— Plût au ciel que mon mari fût ici pour vous punir ! répondit-elle en se relevant et en étendant les bras. Plût au Grand-Esprit que mon noble époux se trouvât près de moi pour venger l'insulte faite à sa femme par un homme aussi vil que vous ! Malheur sur votre tête, s'il vous rencontre ! car, soyez-en certain, il vous cherchera. Oh ! vous ne l'avez

3

pas encore vu accomplir un acte de courage! ajouta-
t-elle en voyant un sourire de dédain sur les lèvres
du brigand ; vous ne l'avez pas vu brandissant son
tomahawk redoutable, poussant son cri de guerre
et tuant d'un seul regard son ennemi. Vous n'avez
pas encore contemplé Assowaum se livrant à sa
danse de guerre, couvert du sang des ennemis ter-
rassés par ses mains, la ceinture de son vêtement
ornée des chevelures des vaincus; mais, sachez-le
bien, il reviendra! et alors, quand il sera près de
moi....

— Quand cela sera-t-il, femme? demanda le prédicateur d'une voix brève, en portant la main à son
revolver.

— Quand? s'écria la squaw en poussant un éclat
de rire triomphant, quand reviendra-t-il? Plus tôt
que vous ne le désirez. Le soleil n'aura pas brillé
pour la seconde fois qu'Assowaum aura reparu; et
alors malheur à vous s'il vous rencontre sur son
chemin!

— Où est maintenant le Peau-Rouge?

— Ah! vous tremblez, lâche, misérable! en ap-
prenant qu'il ne tardera pas à revenir. Je ne suis

qu'une femme, mais j'éprouve un orgueil indicible
à vous regarder avec mépris.

— Dites-moi donc, où est Assowaum à cette
heure ? demanda le méthodiste, qui tremblait malgré lui, car il lui était impossible de comprendre
comment il se faisait que la belle Indienne eût
quitté son wigwam et fût venue camper dans les
bois, sans être accompagnée de son mari.

— Vous voulez savoir où se trouve mon mari ?
répondit alors Alapaha avec dédain. Oh ! soyez
tranquille ! il ne reviendra pas seul, car il sera
accompagné du valeureux guerrier qui a tué
l'homme qui avait voulu me faire violence. Tremblez ! maudit ! car votre Dieu sera incapable de
vous défendre.

— Ah ! s'écria Rowson, dont les yeux s'illuminé-
rent d'une joie diabolique, je comprends : Assowaum est allé chercher son ami. Bien ! mais vous
êtes en mon pouvoir et nul ne pourra vous arracher
de mes bras.

—Arrière ! exclama Alapaha au moment où
Rowson porta de nouveau la main sur elle. Ar-

rière ! vos yeux brillent du feu de Satan ! Arrière !
vous dis-je.

— Vous êtes en mon pouvoir ! s'écria Rowson
d'une voix stridente, et je me moque de ce drôle
de Peau-Rouge. Qu'il vienne, il ne pourra vous tirer
de mes mains. J'aurai soin que vous ne nous
trahissiez pas.

— Que le Manitou de ma nation qui m'inspire en
ce moment me donne la force ! s'écria Alapaha en
s'arrachant des bras du prédicateur exaspéré et en
brandissant le tomahawk qu'elle portait à sa ceinture. Vous allez mourir, infâme brigand ! mourir
par la main d'une femme, et les coyotes, les balbu-
zards se disputeront les lambeaux de votre cadavre.

En prononçant ces dernières paroles, Alapaha
s'élança sur Rowson, qui bondit terrifié. Il eût été
frappé infailliblement si la pauvre Indienne n'eût
eu le pied pris entre l'une des parois de la porte
qui, tombée sur le sol, arrêta son élan. Elle chan-
cela, et ce moment d'hésitation suffit pour la faire
choir dans les bras de son ennemi.

————

— Si Rowson ne met pas un terme à ses piaille-
ries, disait Cotton avec un air d'appréhension à son
camarade, il va indubitablement attirer quelqu'un
dans ce voisinage. On chassait par ici cette après-
midi, et il est presque certain que les trappeurs
sont campés quelque part au milieu du bois.

— Je donnerais quelque chose pour le voir revenir, répliqua Weston, qui éprouvait le même sentiment. Descendre le courant comme nous le fai-
sons est chose assez pénible, et il est fort difficile
d'avoir soin des chevaux et de ramer en même
temps. D'ailleurs ces animaux s'impatientent : l'eau
est froide et je commence à être mal à mon aise.

Les deux voleurs prêtèrent l'oreille pendant quelques instants, et le cri poussé par l'Indienne frappa
leur ouïe au milieu du silence de la nuit. Les hiboux abrités sous les longues chevelures des cèdres
répondirent à cet appel lugubre et prirent leur vol
dans la direccion d'où le cri avait été proféré.

— Que le diable emporte cet insensé! s'écria
Cotton exaspéré. Je donnerais bien quelque chose
pour qu'elle pût lui échapper, à la condition toutefois que nous serions à cinquante milles d'ici. Si la

squaw parvenait à se tirer de ses mains, elle donnerait l'alarme, et, avant qu'il fût trois ou quatre
heures, nous aurions une armée à nos trousses. Tout
le pays se soulèverait comme un seul homme.

— Oh ! je ne crois pas qu'il attente à sa vie ! fit
Weston, qui ne put cependant s'empêcher de fré-
mir, tout en prêtant l'oreille, car un grand silence
avait succédé aux cris de détresse d'Alapaha. Cotton ! jai peur, ajouta-t-il. Pourvu qu'il ne tue pas
cette malheureuse !

— Taisez-vous donc, brute ! murmura Cotton.
Voudriez-vous donc vous mettre la tête dans un
nœud coulant, eh ? Aimeriez-vous à être lancé à six
pieds au-dessus du sol par les Régulateurs et suspendu aux branches d'un chêne ? Rowson fera le nécessaire. S'il peut se débarrasser d'Alapaha sans
verser de sang, tant mieux, je n'aime pas les meur-
tres inutiles ; mais, dans le cas contraire...

— Non ! je ne veux pas qu'on la tue, s'écria Weston
épouvanté. Je me suis associé avec vous tous pour
voler des chevaux : il n'y a pas de mal à cela ; mais
répandre le sang est un acte qui me donne la chair
de poule. Je ne veux pas avoir un crime sur la

conscience ; d'ailleurs, ce n'est qu'une femme, et...

— C'est ce qui la rend plus dangereuse à mes yeux, fit Cotton en riant, surtout lorsqu'il s'agit d'un secret. Voyons, Weston, pas d'enfantillage ; Rowson sait bien ce qu'il doit faire ; il n'agira que suivant la nécessité. Attention à ce cheval, là, à droite : il a trouvé pied et veut se sauver à terre. Damnation ! on aperçoit dans la boue du rivage la marque de ses sabots. Attention, Weston, ne laissons pas de traces de notre passage.

— Je ne puis pas m'occuper de cela, s'écria Weston d'un ton colère ; j'ai bien autre chose à faire pour contenir les bêtes. Pourquoi ce damné Rowson reste-t-il si longtemps ? Les chevaux s'impatientent, et j'ai des crampes aux mains, rien qu'à retenir les brides de ces six animaux.

— Nous voici parvenus à l'endroit où il nous a donné rendez-vous, fit Cotton. J'aperçois la racine de l'arbre renversé devant nous, au milieu de l'eau. Moi, qui ai si souvent chassé les grandes bêtes dans cette partie du pays, je connais tous les méandres de la rivière.

— Attention ! j'aperçois quelqu'un debout sur

ce tronc d'arbre, murmura Weston à voix basse.

Au moment même, le chant du whip-poor-will se fit entendre, et tout à coup Rowson — car c'était lui que Weston avait vu — s'élança dans l'eau, qui n'avait pas plus de cinq ou six lignes de profondeur en cet endroit, et marcha de la sorte vers les canots.

— Voici de quoi manger, fit-il d'une voix émue, en jetant un quartier de cerf rôti sur le banc de l'embarcation: c'est de la venaison qui est d'un goût exquis.

— Où est la squaw? demanda Weston avec anxiété, en regardant Rowson en face.

— En lieu de sûreté, répliqua celui-ci d'une manière laconique et en évitant les regards de son camarade.

— En lieu de sûreté! J'aime à croire que vous ne lui avez fait aucun mal?

— Bon! mêlez-vous de vos affaires; je ne m'occupe jamais de ce que font les autres; agissez comme moi. Donnez-moi les rênes des chevaux et prenez les rênes du gouvernail. Le courant est rapide, l'eau profonde, et nous avancerons bien plus vite.

— Sommes-nous éloignés de l'endroit où nous devons aborder ? demanda Cotton.

— A trois milles environ... un peu plus peut-être.

— Jusqu'où allez-vous nous accompagner?

— Jusqu'à deux milles en aval. Nous allons bientôt passer devant les montagnes, au milieu desquelles je compte m'engager en vous quittant; mais... Weston, venez prendre les guides et les tenir un moment... Cotton, n'auriez-vous pas un vieux chiffon, un mouchoir à me prêter ?

— Que voulez-vous en faire? Ma cravate vous convient-elle?

— Donnez-la-moi, ou plutôt attachez-la-moi autour du cou, au haut du bras.

— Otez votre habit, pour que je puisse arranger cela comme il faut. Ce maudit canot se balance avec tant de force, que j'ai peur de perdre pied.

— C'est bon, j'attendrai encore un quart d'heure jusqu'à ce que nous parvenions à un endroit moins profond. Je me mettrai alors dans l'eau, et vous pourrez faire commodément ce que je vous demande.

— Qu'avez-vous donc à l'épaule ? demanda Cotton, au moment où son camarade se débarrassait de son habit et relevait sa manche de chemise.

— Oh ! rien. Cette coquine d'Indienne, en se dé-
battant, s'était emparée du tomahawk que je lui
avais arraché des mains, et elle... mais n'importe.
Là, dans cet endroit où l'eau bouillonne, le terrain
s'élève, et vous pourrez faire ce que je vous demande.

Les canots et les trois brigands s'avancèrent jusqu'au point indiqué par Rowson, et alors celui-ci
sauta par-dessus bord, tenant d'une main une rame
à l'aide de laquelle il sondait le fond de la rivière.
Il marcha ensuite le long du canot, qu'il tenait de
sa main droite, et pendant ce temps-là, Cotton ban-
da sa blessure, qui était vraiment très-grave.

— Il faudrait maintenant que la lune brillât,
murmura Weston, afin que nous puissions choisir
une place favorable pour aborder.

— Un beau clair de lune, n'est-ce pas ? répondit
Cotton ; bel amoureux de la chaste Phœbé, cela vous
irait, mais pas à nous ; la pluie serait bien plus dési-
rable.

Dans le moment où les bandits échangèrent ces
paroles, les canots passaient devant une chaîne de

montagnes élevées, dont les roches taillées à pic encaissaient la rivière et au dehors desquelles des cèdres touffus étalaient leurs rameaux. Les pics de ces montagnes se perdaient dans la nue, assombris par un rideau de pins, de mélèzes, de noyers, et de sapinettes, dont les branches formaient une muraille infranchissable.

— Nous voici bientôt arrivés; à quelques portées de fusil, un peu plus bas. Je vous quitterai alors, fit Rowson. Vous, Cotton, vous savez où vous devez aborder?

— Ne craignez rien, je ne me tromperai pas; comptez sur moi. Du reste, dans le cas contraire, il y a au dehors de l'endroit convenu, à un quart de mille plus bas, un débarcadère aussi bon que le premier. Chut! silence! qu'est ceci? j'aperçois un feu sur le long du rivage. C'est un campement dressé par quelque squatter.

— Pas un mot sur vos têtes! murmura Rowson. Qui que ce soit, peu nous importe. On ne pourra pas nous voir, grâce au rideau de joncs qui s'élève entre le rivage et le courant. D'ailleurs, l'ombre des arbres nous cachera à tous les yeux.

Au même instant, un chien se mit à aboyer sur le rivage, et l'on entendit une voix qui cherchait à faire taire l'animal. Les roseaux, comme Rowson l'avait annoncé, étaient si touffus dans cet endroit de la rivière, qu'il eût été impossible de traverser le courant d'eau. Les voleurs passèrent donc sans encombre, grâce à la profondeur de la rivière.

— Maudits soient les chevaux, murmura Cotton, après avoir passé l'endroit dangereux. Ils reniflent comme des marsouins.

— Nous ferions bien, je crois, de leur laisser mettre pied à terre, répondit Rowson. Voici d'ailleurs la place où je veux descendre. Attention à babord, le gouvernail plus près, de manière à ce que je ne me mouille pas trop. Bien! cela suffit.

En disant ces paroles, le brigand sauta hors de l'embarcation sur un rocher plat, qui était placé près de la rive; il adressa un adieu à voix basse à ses camarades, et disparut dans le fourré.

Il fallait être excellent batelier pour éviter d'être renversé par le remous; par bonheur, Cotton connaissait la manœuvre, et si les canots furent balancés pendant quelques instants, du moins ils n'embarquèrent pas une goutte d'eau.

Weston n'avait pas prononcé une parole à dater du moment où il avait entendu le cri d'angoisse et de mort poussé par la pauvre Alapaha. Ce cri résonnait encore à ses oreilles, et une peur irrésistible s'était emparée de son cœur. Le moindre bruit le faisait tressaillir, et ses artères battaient avec violence. Les deux voleurs, sans échanger un seul mot entre eux, arrivèrent enfin à l'endroit du rivage désigné par Rowson. Des rochers basaltiques descendaient là jusqu'au milieu de la rivière, s'étendant ensuite jusque dans l'intérieur des terres; ces montagnes étaient en outre toutes recouvertes d'un taillis très-fourré. Les aventuriers firent alors une halte et détachèrent les chevaux, qui purent ainsi se reposer sur le sol.

— Frappez du pied, mes bonnes bêtes, trémoussez-vous! c'est bien! fit Cotton en parlant aux chevaux; vous aurez bientôt une bonne trotte à faire.
— Tenez les brides, Weston, pour quelques instants; je vais faire sombrer la barque de Hoswell, car, si on la trouvait, cela donnerait des soupçons. L'autre

4

s'en ira à la dérive. Nul dans ce pays ne la reconnaîtra ; et puis, d'ailleurs, même en ce cas, on croirait qu'elle a été entraînée par le courant.

Cotton, tout en parlant, s'était débarrassé de ses vêtements, pour que rien ne l'empêchât de nager.

— Nul ici n'apercevra cette épave, du moins à temps pour que cela nous porte préjudice. Allons ! allons ! en route ! nous n'avons pas un moment à perdre.

— Êtes-vous certain de bien connaître la route ? demanda Weston avec anxiété. Lorsqu'il fait nuit, rien n'est plus difficile que de suivre droit son chemin au milieu d'une forêt.

— Ne craignez rien, répliqua Cotton ; nous allons suivre la chaîne des montagnes, d'abord parce qu'il y a moins de taillis, et ensuite parce que nous ne nous égarerons pas. Le principal est de sortir de ce cannier qui s'étend à environ cinq cents pas dans la direction du nord, et puis, après cela, nous n'aurons plus de difficultés à surmonter. Allons, Weston, debout et à cheval ! Voyons un peu quel genre de selles vous avez apporté avec vous.

— Oh ! le bagage n'est pas lourd ! Il y a d'abord
cette selle à l'espagnole pour vous, et pour moi
cette peau de bison : cela me suffira. Avons-nous un
long chemin à faire ?

— Bonté du diable ! s'écria Cotton en riant ; mais
nous n'arriverons là-bas ni demain, ni après-demain.
Du reste, qu'importe ? lorsqu'on s'embarque pour
une entreprise aussi périlleuse que celle-ci, il ne
faut pas être trop difficile à contenter. Le plan de
Rowson est capital, il faut en convenir, et mon avis
est que nous atteindrons sans encombre les marais
du Mississipi. Je serai pourtant étonné si on laisse
Johnson tranquille et si on ne l'inquiète pas.

— Je voudrais bien savoir si Rowson a fait quelque mal à cette Indienne, murmura Weston en
laissant échapper un soupir.

— Que Lucifer confonde votre Peau-Rouge !
Diable ! comme elle vous tient au cœur ! Laissez
donc votre esprit en repos à cet endroit. Voilà la
pluie qui commence à tomber, et vraiment je n'en
suis pas fâché, car l'eau favorisera nos projets : elle
effacera en même temps la piste laissée par Johnson
avec ses chevaux. Passons par ici, Weston ; voici

l'embouchure d'un des ruisseaux qui se jettent dans la rivière, et il n'y a plus de roseaux.

Weston jeta sur l'échine de l'un des chevaux la *robe* de bison dont il venait de parler, se hissa aussitôt sur cette selle primitive et suivit son compagnon en tenant en laisse les deux autres chevaux. Cotton s'était déjà aventuré en plein fourré et avait disparu dans l'obscurité. On eût pu longtemps entendre le craquement des roseaux à mesure que les animaux se frayaient un passage à travers cette muraille de verdure. Enfin le bruit cessa, pour faire place à un silence de mort. Le désert des vastes prairies de l'Ouest était enveloppé d'épaisses ténèbres, et le crime s'y frayait un chemin.

Le lecteur voudra bien revenir sur ses pas et nous accompagner au gué où nous l'avons abandonné au commencement du chapitre qui précède.

Les quatre brigands avaient à peine disparu depuis une heure sous les arcades profondes de la forêt, que les cavaliers lancés à leur poursuite, accompagnés de quelques fermiers qui s'étaient joints à eux à Pittyville, apparurent sur la route, éclairés par des torches de bois résineux.

— Ils ont passé par ici ! s'écria Harfield, en se penchant sur les étriers de sa monture et en inclinant sa torche aussi près que possible du terrain sur lequel il passait. Voici les traces des chevaux. Ces brigands sont d'une impudence sans pareille : ils galopent au milieu du grand chemin, comme s'ils étaient hissés sur des bêtes à eux. C'est bon ! mes drôles ! Attendez un peu, nous vous ferons bientôt payer cher le dérangement que vous nous procurez. Cette fois-ci vous n'éviterez pas la corde.

— Je ne crois pas, fit Cook en riant, que ces canailles vous attendent, ni un peu ni beaucoup. Les traces laissées par les animaux sont très-bien marquées, — que le diable me confonde ! — pour me prouver qu'ils sont lancés comme le vent. Il nous faudra aller aussi vite qu'eux, mon cher Harfield, si nous voulons les rattraper demain matin.

— Damnation ! cela va sans dire ! nous volerons avec des ailes, s'il le faut, dussions-nous crever nos chevaux. J'aimerais mieux perdre mes bêtes que de ne pas voir ces mécréants pendus ! Nous ne serons plus tranquilles désormais si nous ne débarrassons pas le pays de ces misérables bandits.

— Chut! il m'a semblé entendre un cri au moment où nous passions près de ce chêne abattu, observa Curtis. N'avez-vous rien entendu ?

— Si fait, répliqua Harfield, mais c'est probablement le hurlement d'une panthère. Il doit y en avoir un grand nombre dans ce bois.

— C'est possible! ajouta Cook, car le fourré est impénétrable. Il y a environ dix jours, j'en ai tué une par ici, et j'ai trouvé un très-grand nombre de pistes.

— Où est le gué ? demanda Harfield en regardant devant lui. N'y a-t-il pas par ici quelques passages dangereux!

— Si vraiment; là, sur la droite, il y a des marinières fort dangereuses. Laissez-moi passer le premier, répondit Curtis, car je connais le pays comme si c'était ma propriété.

Cela dit, le trappeur se mit en tête et bientôt descendit le long de la berge jusqu'à la berge du courant d'eau; tous les cavaliers le suivirent les uns après les autres, à la manière des Indiens.

— Apercevez-vous la piste? demanda Harfield, qui s'avançait derrière Curtis.

— Mais certainement, riposta celui-ci : et puis les bandits n'auraient pas pu traverser la rivière à un autre endroit. Ils ont passé tout droit sur ce chemin, aussi vrai que mon nom est Curtis. Nous ne tarderons pas à retrouver les empreintes des sabots de leurs montures.

— Ne serait-il pas prudent, suggéra Cook, de jeter nos torches ? Si, par hasard, nous arrivons à bonne distance d'eux, ils nous apercevront, grâce à la flamme de notre résine, et ils décamperont de plus belle.

— Vous avez raison, observa Curtis. Qu'il soit fait comme vous le dites ! S'ils continuent à suivre le chemin, comme j'en suis convaincu, nous nous emparerons d'eux immanquablement, et les torches de résine nous embarrassaient. Allons ! je donne l'exemple.

Et, sans attendre l'assentiment de ses camarades, Curtis jeta sa torche dans les feuilles desséchées qui recouvraient la terre, et la torche s'éteignit. Cook suivit cet exemple ; mais Harfield garda la sienne pour examiner le terrain et découvrir la piste.

— Ils ont passé par ici, s'écria Curtis. Les empreintes sont encore sur le chemin.

— Oui, mais vous avez piétiné dessus, répondit Harfield. Je vais maintenant jeter aussi ma torche et vous suivre dans l'obscurité. Je ne crois pas que nous puissions perdre leurs traces.

— C'est impossible, ajouta Cook, surtout avec une nuit pareille, car il fera jour avant que nous arrivions à l'endroit où le chemin est trop dur pour garder une empreinte.

— En avant donc! s'écria Harfield en jetant sa torche à son tour. En avant ! et celui d'entre vous qui le premier, mettra la main sur les bandits, pourra en toute assurance venir me demander un tonneau de whisky.

Un hurrah formidable se fit entendre, poussé par tous les amis du fermier, et toute la troupe s'élança sur le chemin qui conduisait à Hot-Springs, en suivant au grand galop la fausse piste.

IV

BROWN RETOURNE AUPRÈS DE SON ONCLE — REN-
CONTRE MYSTÉRIEUSE DANS UNE HUTTE ABAN-
DONNÉE — L'INDIEN — LE VIEUX FERMIER —
VOYAGE EN CANOT

Au moment où le crépuscule régnait encore, le
soir où se passaient les événements racontés dans
le chapitre précédent, le bac de Pittsburg, conduit
par deux nègres aux formes herculéennes, traversait
les eaux de l'Arkansas et abordait sur la rive opposée, du côté sud du courant. Le seul passager qui
se trouvât à bord était un personnage au visage
pâle, qui tenait d'une main crispée les rênes de son
poney. Le voyageur paya aux gens du bac le prix
convenu, et, jetant la bride sur le cou de sa monture, la laissa libre de cheminer comme bon lui

4.

semblerait. L'animal s'avança à une vingtaine de pas le long de la rive, cherchant des herbes à man·ger et broutant à son aise les plantes rares, éparses çà et là dans le sable, près des racines des arbres.

— Dites donc, massa, fit alors un des deux Yolofs, originaire du Congo, à qui des pommettes saillan-tes et une lèvre lippue, ornée d'un poil épais, donnait un aspect vraiment répulsif, et dont les cheveux crépus ressemblaient plus à de la laine roussie au feu qu'à un tissu capillaire doré par le soleil; dites donc, massa, répéta-t-il en mettant le demi-dollar qu'il venait de recevoir dans sa bourse de cuir et en la replaçant dans la poche de sa cu-lotte de cotonnade, je vous ai prévenu que de ce côté du courant d'eau il n'y avait pas une maison avant sept milles de distance... massa sera donc obli-gé de passer la nuit en plein air et à la pluie.

— Je sais cela, répondit l'étranger d'un air non-chalant. Mais depuis quand n'y a-t-il plus personne dans le cottage qui s'élève non loin d'ici, sur les bords des prairies? Jadis il y avait là des fermiers venus de l'Illinois.

— Oh! massa, la cahute est vide depuis longtemps,

répliqua le noir. La femme est morte et les deux enfants aussi. Puis ensuite le mari, ou plutôt le père, a quitté cette demeure désolée. Avant de partir, il vendit sa propriété à mon maître, qui demeure à Pittsburg, et l'on m'a dit qu'il était retourné dans son pays en remontant le Mississipi.

— Le cottage est-il encore debout?

— Oh ! oui, massa; mais...

— Mais quoi ! La toiture s'est peut-être effondrée?

— Non, massa ; le toit est toujours debout, toute l'habitation est en bon ordre; mais on dit.. que... qu'il se passe des choses...

— Des choses ? que diable voulez-vous dire?

— Oui! on raconte que la dame ensevelie près de la maison, dans le verger de pêchers,... on dit que...

— Qu'elle hante la maison peut-être? N'est-ce pas ce que vous voulez me faire comprendre? répliqua l'étranger en souriant.

— Oui, murmurèrent à la fois les deux nègres en secouant la tête d'une façon craintive et en jetant des regards terrifiés à droite et à gauche sur les rives de la rivière.

— Et qui diable a propagé ces sottes histoires? demanda le voyageur, tout en s'apprêtant à continuer sa route. Quelqu'un a-t-il vu le fantôme?

Les deux Yolofs firent à la fois un signe de tête affirmatif.

Il devenait nécessaire de questionner ces deux moricauds pour savoir ce qu'il y avait de vrai dans cette histoire de maison hantée, et le nègre qui avait parlé le premier déclara que l'on rapportait dans le pays des faits étranges sur l'habitation dont il s'agissait. On prétendait, entre autres, que l'homme qui s'était ainsi trouvé veuf et privé de ses enfants battait sa femme et l'avait assassinée, puis avait tué ses deux enfants, pour qu'ils ne révélassent pas son crime. Il s'était enfui sur un steamboat et nul n'avait pu découvrir où il avait passé. Le cadavre de la femme, déterré en présence de deux magistrats, avait été examiné par deux médecins qui avaient confirmé le meurtre. Le lendemain de cette exhumation, les cadavres des deux enfants avaient disparu et l'on avait aperçu la nuit la pauvre mère cherchant les restes de sa progéniture.

Le nègre s'arrêta lorsqu'il eut raconté tout ce qu'il savait sur cette terrible catastrophe, et, effrayé par l'obscurité, il s'élança dans son embarcation, sans attendre une réponse de son voyageur, à qui il souhaita une bonne nuit. Quelques instants après, son camarade et lui ramaient vers la rive opposée, et le bac disparaissait dans la brume.

Brown, — car le passager du bateau n'était pas autre que notre ami se rendant à Fourche-la-Fave, — demeura quelques minutes immobile, examinant le bac qui fuyait emporté par le courant; puis, quand l'embarcation s'enfonça au milieu du brouillard, il tressaillit en n'entendant plus que le bruit des rames qui résonnait au milieu du silence du paysage. Enfin ce bruit lui-même s'éteignit, le bac avait touché la rive opposée, et le jeune homme, comme s'il se fût réveillé d'un rêve, laissa échapper un profond soupir. Il sauta sur son poney et s'enfonça dans la passe rocheuse qui se dirigeait du débarcadère vers le plateau de la région montagneuse de l'Arkansas.

Parvenu sur la hauteur, Brown laissa souffler sa monture et jeta un regard de tristesse autour de lui.

L'horizon était chargé de nuages sombres et le temps menaçait. A une centaine de pas de la riviè- re, le sol paraissait disparaître au milieu des ondes du courant, un sable fin grisonnait jusqu'à une certaine distance. En plusieurs endroits les trem- bles et les cotonniers semblaient ensevelis dans cette fine poussière, et le terrain lui-même, rayé de nombreuses zones, ressemblait à une mer agitée. Un peu plus loin, à l'endroit où la force du courant avait été arrêtée par les buissons de papaos et de platanes nains, le tapis de sable blanchissait comme si le sol eût été couvert de neige, et ce sable s'éten- dait au loin jusqu'à un rocher élevé que l'on eût dit être une digue bâtie pour mettre un frein à l'impétuosité de l'Arkansas.

Vers cet horizon éloigné de quelques portées de carabine, un gazon épais formait un tapis de ver- dure couvert de fleurs, comme le sont toutes les prairies de l'Ouest, et on y apercevait un verger planté d'arbres fruitiers nains qui jadis avaient été cultivés par les Peaux-Rouges Cherokees. Les pre- miers possesseurs de ce terrain, repoussés par la civilisation loin de leurs demeures paternelles, avaient été forcés d'émigrer plus loin du côté de l'Ouest.

Sur l'une des bordures du « verger des Chero-kees, » — c'est ainsi qu'on désignait cet endroit, — l'on voyait les murailles du petit cottage où, au dire du nègre batelier, l'hôte improvisé devait se trouver en présence des fantômes du logis. Malgré ce qu'il avait entendu, Brown se dirigea du côté de cette habitation et arriva devant la porte au moment où la nuit se faisait.

Le cottage appartenait à ce genre de demeures que l'on rencontre partout sur son chemin en parcourant l'Amérique du Nord : cabane construite avec des troncs d'arbres superposés, mal entretenue et élevée au milieu d'un jardin abandonné à lui-même, d'une étendue de deux acres environ. La palissade était pourrie en certains endroits, tandis qu'à d'autres places on l'avait brûlée. A quelques mètres de la maison d'habitation, on trouvait une construction basse qui tombait en ruine. Là probablement se trouvait jadis la cuisine ou le garde-manger. Un puits surmonté d'une branche d'arbre creusée complétait ce paysage, d'une aspect triste et misérable. Cet endroit avait été indubitablement abandonné depuis longtemps. Le cœur de Brown, à la vue de cet abandon, se serra tellement, qu'il s'arrêta presque involontairement au moment où il allait franchir la barrière en mauvais état. Il parut se consulter un instant en jetant les yeux dans la direction des arbres qui tremblaient à quelques mètres de distance; on eût dit qu'il hésitait et qu'il se demandait s'il ne vaudrait pas mieux camper en plein air, à l'abri des massifs de la forêt, plutôt que de pénétrer dans le cottage, qui offrait bien, il est vrai, un abri, mais dont l'aspect était loin d'engager le voyageur à pénétrer céans. Dans ce moment une rafale de vent d'ouest, accompagnée d'un brouillard pénétrant et glacial comme l'est une pluie d'hiver, trancha la question : Brown prit une décision irrésistible. Sans perdre un instant à tergiverser davantage, le brave jeune homme entraîna sa monture par delà la barrière et arriva devant la construction, dont il fit le tour, et il se convainquit qu'elle était inhabitable. A vrai dire, il lui fallut soulever plusieurs troncs d'arbres très-lourds pour faire un passage à son poney ; puis, lorsqu'il fut assuré que la bonne bête sur le dos de laquelle il avait fait cette longue trotte d'une journée, trouverait un abri pour la nuit contre les rafales du vent glacial, il tira d'un sac appendu à sa selle une provende de maïs, qu'il étala dans une auge placée dans un coin, et se hâta de la placer à la portée de l'animal à l'aide d'un bloc de bois, destiné sans doute à un tout autre usage.

Dès que ces préparatifs furent terminés, le voyageur songea à lui-même ; il entra dans l'intérieur du cottage dans le but d'y préparer son coucher, car il sentait le besoin de rappeler ses forces affaiblies. Quelque triste et inhabitable que la construction parût, lorsqu'on l'examinait à l'intérieur, le jeune chasseur s'aperçut bien vite qu'un autre avant lui avait trouvé là un lieu de refuge contre les intempéries de l'atmosphère, car il y avait dans l'âtre de la cheminée des cendres et des charbons sur lesquels la flamme respirait encore. Rien ne pouvait être plus agréable à notre voyageur, qui se hâta d'aller chercher une poignée de brindilles qu'il tailla en légers copeaux à l'aide de son couteau, et, quelques instants après, une lueur brillante s'élevait au milieu de ces débris combustibles.

Brown alla ensuite chercher sa selle et sa couverture qu'il plaça dans sa chambre, devant le foyer régénérateur ; il prit son repas du soir, d'une frugalité sans pareille, car il consistait en une tranche de venaison desséchée, et il s'étendit aussitôt après dans sa couverture, sur le sol. Quelque dure que fût sa couche, elle lui parut aussi confortable qu'un bon lit dans l'un des grands caravansérails de l'Union.

Ces préparatifs et ceux faits par Brown pour son poney avaient tellement absorbé ses pensées qu'il n'avait même pas eu le temps de réfléchir à sa position.

Tout en se chauffant aux flammes des brindilles de bois et en examinant les spirales de l'élément régénérateur, le cœur de Brown se dilata, et il se prit à songer à sa mauvaise fortune, en s'efforçant d'apercevoir l'avenir qui lui était réservé.

Il lui sembla être engagé dans une bataille avec les soldats mexicains et occupé à défendre avec eux les libertés du pays, le canon tonnant, la mitraille balayant le sol, semant partout la mort et la dou-

leur, et abattant les moyens de défense des ennemis. Il se vit agonisant, couvert de sang sur le
champ de bataille, vainqueur, mais presque mort.
Un sourire de triomphe vint crisper ses lèvres
bleuies, et, saisissant sa carabine qu'il avait laissée
prudemment à ses côtés, il se leva à moitié, en s'ap-
puyant sur son coude, et regarda fixement au milieu de l'obscurité. A l'instant même, l'image de sa
bien-aimée se présenta à sa vue : il la vit, pauvre
victime, placer sa main mignonne dans celle d'un
homme qu'on lui donnait pour mari. Marion était
pâle, elle demandait aide et secours, et jetait les
yeux dans la direction de Brown. — Le cri de souffrance poussé par l'infortunée parvint même à son
oreille, — et son âme brisée s'abandonna à la plus
profonde douleur.

Brown se couvrit le visage à l'aide de ses mains;
puis, se renversant sur son oreiller, il versa des
larmes de rage, au point de croire que son cœur
allait se briser. Cette souffrance acérée, cette fièvre
de colère firent bientôt place à un calme sans pareil, causé par un sentiment de regret. A l'aide de
ses mains, il chercha à apaiser les battements de sa

poitrine, il couvrit sa tête à l'aide de la peau d'ours
qui recouvrait sa selle, et il adressa au ciel une
fervente prière pour le repos et le bonheur de celle
qu'il chérissait plus que tout au monde, en sup-
pliant le bon Dieu de lui accorder la paix, sinon
l'oubli. Le nom de la belle Marion expira sur ses
lèvres au moment où le sommeil s'appesantissait
sur ses paupières, et son rêve le ramena près de
celle pour qui son âme respirait, et dans qui il
avait placé tout le bonheur de sa vie future.

Il était environ minuit lorsque Brown rouvrit les
yeux, au moment où son rêve se dissipait. Le feu
s'était éteint, et le voyageur se trouvait devant une
large cheminée tout ouverte, à travers laquelle le
vent soufflait et lui envoyait à la face des flaques de
pluie. Il n'y avait plus un seul charbon d'allumé ;
aussi se leva-t-il, à moitié glacé, frissonnant de la
tête aux pieds, et alla-t-il placer sa couchette dans
un angle opposé, qui lui offrait un abri plus sûr
contre les intempéries de l'atmosphère, car il espérait dormir jusqu'au matin.

A peine Brown s'était-il étendu par terre et enveloppé de nouveau dans sa couverture, qu'il lui

sembla entendre deux voix qui causaient entre elles à l'extérieur du cottage. Tout à coup les contes fantastiques du nègre, qu'il avait presque oubliés, lui revinrent à la mémoire ; il s'accouda sur sa selle, s'assura si sa carabine était à ses côtés, tira son coutelas de sa gaîne et se tint prêt à tout événement. Il prêta ensuite l'oreille, sans oser respirer, dans la direction d'où provenaient ces sons étranges; mais il n'entendit plus rien. Il allait songer à se rendormir, souriant en lui-même de l'absurbe pensée qui lui avait traversé le cerveau, car il avait cru un moment aux revenants, aux fantômes, etc., lorsque tout à quelques pas de lui, les deux voix retentirent d'une manière très-intelligible.

Dans le même moment la porte s'ouvrit violemment, et une voix rude proféra un horrible blasphème.

— ..... Maudite baraque ! j'ai cru un instant que je ne la retrouverais plus au milieu de l'obscurité ! Quel horrible temps ! mais n'importe ; c'est un temps royal pour nos affaires.

— Convenez, du moins, qu'il est un peu humide, répondit l'autre personne ; probablement, grâce à lui, les traces de nos pas, à peu d'exception près, auront disparu.

— Que le diable m'emporte si la pluie ne m'est pas très-désagréable ! Je tremble comme une feuille de bouleau, et mes dents claquent dans leurs alvéoles. Si nous allumions du feu.

— Cela me paraît chose difficile, ajouta l'autre interlocuteur ; tout ce qui est dehors est mouillé, et je n'ai pas même à ma ceinture un tomahawk pour faire des copeaux. Cette après-midi, lorsque je suis venu ici, j'ai allumé quelques brindilles de bois, et j'ai recouvert de cendre les charbons pour qu'ils ne s'éteignent pas. Mais à l'heure qu'il est, ajouta-t-il en cherchant dans les cendres de l'âtre avec les doigts, tout est noir comme l'atmosphère. Allons ! il ne faut pas nous attarder ici ; moi, du moins, je ne puis rester plus longtemps, car, demain soir je veux être rentré chez moi, afin d'assister aux émouvantes scènes qui vont se passer près de ma ferme, et cela durera au moins une semaine ou deux. Dès que les nuages seront dissipés, je vous quitterai.

— J'aime à croire que d'ici là nos chevaux ne

briseront pas leurs licols. Nous aurions peut-être mieux fait de les amener ici.

— Ma foi, non ! D'ailleurs, vous n'ignorez pas que, lorsqu'il fait un temps aussi abominable que celui-ci, les animaux se tiennent cois et ne bougent pas. Non ! je savais bien ce que je faisais en ne les amenant pas ici. Je ne veux pas laisser dans ces parages les empreintes de leurs sabots. Voyons ! il faut prendre un parti : le temps presse, et nous devons profiter de la demi-heure que le hasard nous a accordée. Quand croyez-vous être de retour ?

Brown, que la surprise avait pour ainsi dire paralysé, ne savait que penser en entendant les deux interlocuteurs parler de la pluie comme d'un temps favorable à « leurs affaires. » Il se demandait, à part lui, s'il serait prudent de se faire connaître, ou de ne pas trahir sa présence. La pensée d'écouter malgré lui « aux portes » répugnait à ce cœur loyal ; il était donc sur le point d'adresser la parole aux deux inconnus, mais les derniers mots prononcés par ces hommes au sujet de la pluie qui effacerait la marque des sabots des chevaux, retinrent sa langue muette dans son palais.

— Il est fort probable que ces gens-là font partie de la bande de brigands contre lesquels les Régulateurs se sont ligués, se dit Brown à part lui. — Et à mesure que la conversation des deux voleurs — que nos lecteurs ont dû reconnaître — continuait, le neveu de Harper fut confirmé dans son opinion. Il saisit donc son coutelas, car, il était certain que si les brigands découvraient sa présence, il lui faudrait défendre chèrement sa vie ; puis, retenant sa respiration, il s'appuya contre la muraille avec le désir de découvrir quelles causes avaient amené ces hommes dans la maison abandonnée. Et puis, il espérait, avant tout, obtenir quelque information qui lui servirait à déjouer les plans de ces mauvais garnements.

— Quand serai-je de retour, dites-vous ? fit l'autre brigand d'un ton nonchalant. Mais, dans deux ou trois semaines, je pense. L'endroit où je vais est très-éloigné d'ici, et j'ai besoin d'agir avec prudence.

— Surtout, n'oubliez pas ce que je vous ai prié de faire près du petit ruisseau qui coule à une portée de fusil de ma demeure, répondit l'autre. Dans

le cas où l'on découvrirait des marques de sabots
se dirigeant vers ma maison, les Régulateurs y feraient une perquisition, et cette visite n'amènerait
rien de bon, ni pour vous, ni pour moi.

— Pour moi ? dites-vous, et comment cela ?

— Je suppose qu'ils s'emparent de nos chevaux,
croyez-vous que cela m'arrange ?

— Ah ! je comprends maintenant... Je croyais
que vous vouliez dire autre chose. Allez ! ne craignez rien ! je sais fort bien quelles mesures de précaution je dois prendre. Mais, j'y pense, je crois
qu'il me faudra conduire les chevaux jusqu'à
Washita, car j'ai affaire dans cet endroit. Peut-être
irai-je plus loin en amont de la rivière, et là, j'en
tirerai un meilleur prix. Du reste, dès que mon
marché sera conclu, je me rendrai chez vous, et
nous ferons nos comptes. Un mot encore. Vous
pourrez avoir toute confiance dans l'individu qui
viendra chez vous conduire les chevaux, et pourtant..... ne lui donnez pas l'argent qui me revient.

— Oh ! soyez tranquille. Cet homme connaît-il
le chemin qu'il lui faudra prendre en quittant

la grand'route pour se rendre à mon habitation?

— Certainement. C'est lui qui le premier me l'a indiqué.

— Mais alors cet individu est une de mes connaissances?

— Je ne le crois pas.

— Dans ce cas, comment pourrais-je savoir si la personne qui viendra me trouver est celle que j'attends, et à qui je dois parler à cœur ouvert?

— Oh! celui qui vous abordera connaît vos secrets et les miens. D'ailleurs, pour vous tirer d'embarras, mon cher, il vous demandera « le chemin de Fourche-la-Fave, » et vous répondrez : « la rivière coule devant ma maison. » Il vous dira ensuite : « Les pâturages des environs sont-ils bons?» Puis, enfin, lorsqu'il vous aura prié « de lui donner à boire un verre d'eau, » vous pourrez lui ouvrir votre porte en toute assurance, et lui dévoiler le fond de votre pensée. Ce sera, à n'en pas douter, le camarade que vous attendez.

— Très-bien ! Ces précautions sont indispensables, car, non-seulement il y aura chez moi des gens du voisinage, mais il y trouvera ma pupille,

qui ne doit rien savoir de nos affaires. Il est bon
de ne pas se fier au bavardage des femmes. Ma
moitié est initiée à nos entreprises, et je trouve
que cela est très-dangereux. Allons ! adieu, et
bonne nuit; la pluie a cessé de tomber, et il me
faut partir. Je vous conseille de quitter cette habitation le plus tôt possible. Je ne puis comprendre
comment vous osez revenir ici, si, comme on le dit,
la moitié de ce qu'on vous attribue est fondé.

— Bah ! ce sont là des contes d'enfant, murmura
le camarade du brigand, — ne parlons pas de cela.
Je ne crois pas que la pluie cesse de tomber; elle
continuera encore jusqu'au matin.

— Cela se peut bien. Il me semble pourtant qu'il
fait plus froid, et si le vent change...

— Eh bien ! qu'avez-vous ? demanda l'autre à
son camarade qui s'était arrêté tout court.

— Il m'a semblé entendre le piétinement d'un
cheval, là, tout près de nous, répondit celui-ci.

— Quelle folie ! répliqua le brigand; vous savez
bien que nos bêtes sont attachées à un quart de
mille d'ici. Allons ! en route, le temps est moins
mauvais.

La porte s'ouvrit de nouveau ; les gens qui avaient réveillé Brown disparurent, et un silence de mort régna de nouveau dans la maison obscure et abandonnée. Pendant quelques instants, Brown demeura immobile, enveloppé dans sa couverture, écoutant le bruit du vent qui soufflait à travers les fissures des murailles et les fentes des boiseries, tandis que les arbres de la forêt craquaient et s'entre-choquaient, essayant, eût-on dit, d'arrêter les efforts de la tourmente qui se déchaînait sur les plaines immenses de l'Arkansas.

— Qui sont ces hommes ? Comment se fait-il qu'ils soient venus, par une nuit pareille, dans cette maison éloignée de tous chemins frayés et praticables ? pensait, à part lui, Brown, qui s'abandonnait à toutes ses pensées. Je suis assuré que leurs affaires sont peu loyales, ou sans cela ils n'agiraient pas avec tant de mystère. Qui peuvent-ils être ?

La voix de l'un des deux bandits semblait être tout particulièrement connue de Brown, qui se rappelait l'avoir entendue auparavant résonner à ses oreilles. Il lui était pourtant impossible de deviner si c'était dans l'Arkansas, dans le Missouri, ou bien encore de l'autre côte du Mississipi

Tandis que le brave garçon songeait à tout cela, ses idées devinrent peu à peu moins distinctes, ses paupières s'appesantirent; il avait amené à lui la couverture qu'il étala jusque par-dessus sa tête, et quelques instants après, il dormait et rêvait comme auparavant. Les deux voix retentirent plus distinctes et plus connues à ses oreilles; l'image adorée de Marion et celle de Rowson passèrent devant lui. La première paraissait éviter l'étreinte de son fiancé, et se retirait en arrière, tandis que celui qui la poursuivait faisait tous ses efforts pour l'atteindre. A la fin, il saisissait la pauvre fille qui, succombant à une terreur indicible, criait au secours au milieu de la nuit obscure et de la tempête.

Brown éprouva un sentiment de frayeur mortelle en présence de ce songe inexplicable; il rejeta tout à coup sa couverture et se leva debout. Une sueur glacée mouillait son front et ses tempes.

— Mais après tout, pensa-t-il, ce n'est qu'un songe.

Les hiboux poussaient en dehors leurs cris lugu-

5

bres, les coyotes hurlaient dans le lointain, et
bientôt une faible lueur annonça l'approche de
l'aube.

L'atmosphère était glaciale, le vent avait tourné
au nord-ouest, et le ciel était bleu comme l'azur,
sans le moindre vestige de nuages à l'horizon.
Brown, à qui toutes les réalités de la nuit apparais-
saient comme le souvenir d'un rêve, se tenait immobile, perdu dans sa méditation. Il essaya inutilement de rappeler à son souvenir les personnages
qu'il avait entendus parler entre eux, et de les
mêler aux scènes dont nous avons parlé, scènes
auxquelles Brown avait assisté. Il se réveilla pourtant de la rêverie dans laquelle il était plongé et se
dit, à part lui, que les visiteurs nocturnes du cottage abandonné étaient décidément des gens inconnus. Il se mit ensuite à faire ses préparatifs pour
continuer son voyage, et il oublia de la sorte la
conversation grâce à laquelle sa pensée avait été
entraînée loin de ses rêves aimés.

Brown donna donc à son poney sa provende
ordinaire, en lui servant le maïs resté de sa ration
de la veille, et le bon animal remercia son maître

en lui adressant un hennissement de joie. Celui-ci conduisit ensuite sa monture jusqu'à une petite mare remplie par les eaux pluviales, et lorsque le poney eut apaisé sa soif, Brown le sella et continua son chemin au petit trot.

Le soleil n'avait pas encore paru à l'horizon. La fraîcheur de la matinée, aussi bien que la rapidité de la marche, donnait au voyageur une nouvelle force vitale et une vigueur d'esprit sans pareille. Le courageux animal qui lui servait de monture s'avançait au pas au milieu des vallées marécageuses de l'Arkansas et parvint bientôt au pied d'une chaîne de montagnes qui borde ce palud. Dès que ses sabots eurent résonné sur un sol plus ferme, il doubla son allure et l'on eût dit qu'il n'avait qu'un seul désir, celui d'arriver plus vite à son écurie et de se retrouver au milieu de ses pâturages.

Tout à coup, au détour d'un sentier, Brown aperçut sur la grande route un homme marchant à pied d'un pas rapide: quelques instants après, à son grand étonnement, il reconnaissait avec joie son ami le Peau-Rouge.

— Assowaum! s'écria-t-il en éperonnant les

flancs de son poney, qui fit un temps de galop et s'arrêta de lui-même dès qu'il eut aperçu son ami le guerrier indien. — Et d'ailleurs, Assowaum et son maitre n'avaient-ils pas à causer ensemble ?

— Assowaum ! répéta Brown, quelle affaire vous amème par ici ? Où allez-vous ?

— Pas bien loin maintenant, répondit le Peau-Rouge en pressant la main de son ami le visage pâle.

— Vous étiez donc à ma rencontre ? Qu'est-il arrivé ?

— Oh ! bien des choses ! Mon frère n'a-t-il donc entendu parler de rien ?

— Non. Et comment, d'ailleurs, cela eût-il été possible ? Mais, j'y songe, ce que vous me dites me rappelle la conversation de deux hommes, la nuit dernière, et je comprends à peu près le sujet de leur confidence mystérieuse. Qui sait si ce dont ils parlaient n'avait pas trait à ce que vous allez m'apprendre. Voyons, mon brave, expliquez-vous ; je brûle du désir de tout savoir.

— Ainsi vous ignorez ce qui est arrivé ?

— Mon cher Assowaum, ne prenez pas un air

sérieux avec moi, s'écria Brown, le sourire sur les
lèvres. Vous savez bien que j'étais de l'autre côté de
l'Arkansas; comment alors eussé-je pu connaître ce
qui se passait à Fourche-la-Fave ?

— Mais, avant de partir?

— Eh bien ! je me suis pris de querelle avec
Heathcott.

— Heathcott a été assassiné ! répondit l'Indien
d'une voix grave en ne perdant pas de vue son interlocuteur.

— Grand Dieu ! s'écria Brown, qui retira, sans y
songer, les rênes de son poney, et lui fit faire un
écart. Mais ce que vous m'apprenez là est horrible !

— Ce qu'il y a de pis encore, c'est qu'on vous
soupçonne, ajouta le Peau-Rouge en le regardant
toujours en face ; mais on vous justifie, en quelque
sorte, car le Régulateur a proféré des menaces
contre vous, et il n'eût pas hésité à les mettre à
exécution. Peut-être même allait-il en venir aux
extrémités, lorsque vous l'avez prévenu. De cette
manière, chacun prétend que vous étiez dans votre
droit en...

— Assowaum, reprit d'une voix ferme le jeune trappeur en interrompant son ami, et en mettant pied à terre pour se rapprocher de lui ; Assowaum, par le ciel bleu qui est au-dessus de nos têtes, la main que je lève au-dessus de votre tête n'a point répandu le sang d'Heathcott. Je suis innocent de ce meurtre, je le jure ! A dater du moment où j'ai quitté cet homme devant la maison des Roberts, je ne l'ai plus revu. Me croyez-vous encore coupable ?

L'Indien sourit en entendant ces paroles, et tendit sa main loyale à son ami.

— Assowaum, fit-il, n'a jamais cru que le jeune trappeur fût criminel, et il croyait d'autant moins à sa culpabilité, que cet homme assassiné avait été volé.

— Quoi ! m'aurait-on aussi accusé de cette infamie ! demanda Brown avec une expression de dégoût.

— Oui ! les hommes au cœur méchant ont dit cela de vous. Mais Harper et Roberts n'ajoutent pas la moindre créance à cette accusation.

Au nom de Roberts, Brown se cacha la figure

dans les mains, et se courba en soupirant sur la selle de son poney qui se tenait immobile.

— Laissez-moi voir votre pied, dit alors l'Indien à Brown en tirant de sa ceinture le tomahawk qui y pendait.

— Pourquoi cela ? Avez-vous mesuré les traces des pas ?

— Oui ! répondit le sauvage en faisant un signe de tête, et en plaçant la manche de son arme sous la botte de son ami : votre semelle est trop longue de trois quarts de pouce ; puis il ajouta comme en se parlant à lui même : — Je m'en étais douté, ou plutôt j'en étais sûr.

— Mais, mon cher Assowaum, reprit Brown, souvenez-vous même que je ne portais pas ces chaussures le matin où j'ai quitté Fourche-la-Fave ! J'avais mis ces mocassins à mes pieds, ajouta-t-il en tirant les objets indiens de son sac. Était-ce bien des empreintes de bottes que vous avez trouvées sur l'emplacement où le meurtre a été commis?

— Oui, fit le Peau-Rouge en faisant une nouvelle inclination.

Puis, au même instant, une idée lui vint à l'esprit ; il plaça son tomahawk par terre, et parut songer à quelque chose de sérieux. Il cherchait à rappeler ses souvenirs en comparant avec ses doigts une mesure dont il voulait saisir la dimension. Tout à coup il adressa au jeune Américain un regard sinistre, et tellement étrange, que celui-ci tressaillit et demanda à Assowaum ce que cela signifiait, et quelle pensée traversait son imagination.

— Ce n'est rien, rien, répliqua l'Indien en adressant à Brown un sourire mystérieux. Venez ; nous devons nous hâter de revenir au pays. Le temps presse. On vous croit coupable. Des gens malintentionnés répandent sur votre compte des bruits défavorables, et puis votre oncle est malade, et vous savez qu'il est seul dans sa maison. Alapaha est allée entendre prêcher l'homme pâle et ne reviendra pas avant la nuit au wigwam de son époux et maître. Mon frère ne voudrait-il pas se disculper du crime dont on l'accuse ?

— Oh ! si vraiment ! s'écria Brown ; mais dites-moi : où le meurtre a-t-il été commis ? comment a-t-on découvert le cadavre de Heathcott ?

— Nous causerons en route, riposta le Peau-Rouge; Assowaum vous accompagnera jusqu'à Fourche-la-Fave.

En disant ces mots, l'Indien tourna les talons et reprit le chemin par lequel il était venu; il allait si vite que Brown se vit obligé de mettre sa monture au trot, afin de ne pas être laissé derrière. Tout en cheminant, Assowaum raconta à son ami les détails qu'il désirait connaître, et celui-ci, à son tour, lui apprit ce qu'il savait de la conversation des deux voleurs de chevaux, dans la cabane abandonnée où il avait passé la nuit.

Le Peau-Rouge se souvint aussi d'avoir, le matin même, rencontré un voyageur monté sur un grand cheval au poil bai brun; seulement il lui avait été impossible de reconnaître qui il était, car, à son approche, l'individu s'était enveloppé dans sa couverture, de manière à ne pas laisser voir son visage.

— Peut-être, observa Brown, cet homme était-il l'un des deux bandits que j'ai entendus cette nuit. Voyez ces pas de cheval, fit-il à Assowaum; c'est là une piste que nous pouvons suivre.

Les deux amis la suivirent en effet, mais cette

6

piste ne se prolongea pas longtemps. Lorsqu'ils parvinrent à la vallée de Fourche-la-Fave, la pluie de la nuit précédente et la crue subite de quelques torrents descendus des montagnes avaient inondé le terrain. Assowaum fut d'avis de se rapprocher de la rivière qui coulait à une portée de carabine; le reste du chemin s'achèverait alors dans un canot que l'un des fermiers du voisinage ne se refuserait pas à leur prêter. Lorsque Fourche-la-Fave se gonflait, et cela ne pouvait pas manquer d'avoir eu lieu après la pluie, le courant se dirigeait avec force du côté de l'Arkansas, et, quoique les méandres de la rivière fussent très-nombreux et par conséquent le chemin plus long, il n'en était pas moins très-vrai que la distance était plus facile à franchir dans une embarcation qu'à travers une fondrière, comme l'était ce chemin défoncé par la pluie.

Brown se rendit aux excellentes observations de son ami le Peau-Rouge : et d'ailleurs, de cette manière, il ne passerait pas par la maison des Roberts et sans cela il eût été obligé de s'arrêter en cet endroit, car c'était le chemin ordinaire.

Les voyageurs évitèrent de descendre dans les paluds de la vallée ; et pour cela ils suivirent le pendant des collines qui s'étendaient jusqu'au courant d'eau, au-dessus duquel, en certains endroits, ils formaient des falaises escarpées. Rien ne put arrêter la marche de Brown et d'Assowaum, qui parvinrent à l'habitation de Singer, l'un des plus anciens trappeurs du pays, bien avant la fin de la journée.

Le Peau-Rouge ne s'était point trompé dans ses prévisions. Le rivière était gonflée comme un torrent déchaîné ; aussi le fermier Singer conseilla-t-il à ses deux hôtes de ne point s'abandonner ainsi aux hasards d'une navigation dangereuse dans un canot, car il leur faudrait franchir des passes dans lesquelles le plus habile nageur n'aurait pas la possibilité d'échapper au danger, dans le cas où il tomberait à l'eau. Singer s'offrit à leur prêter la grande barque de la ferme, et il promit à Brown de lui renvoyer son poney le lendemain, par l'aîné de ses enfants, qui irait en même temps faire visite à ce bon M. Harper. Brown proposa au fermier de lui vendre son embarcation, car il désirait en avoir une pour son oncle, et le marché fut vite conclu.

L'hôte des deux voyageurs leur offrit quelques mets pour se restaurer : du dindon sauvage rôti et du miel, des patates, des citrouilles bouillies et du pain de maïs, le tout arrosé d'un bon verre de whisky « monongahela. » Assowaum et Brown ne se firent pas prier deux fois pour faire ample justice de ces provisions offertes de la meilleure grâce du monde.

— Tout mon monde est absent aujourd'hui, dit enfin l'excellent M. Singer à ses hôtes, tandis que la servante nègre plaçait sur la table le dernier plat, et remplissait les verres des deux amis d'un lait pur qu'elle venait de traire.

— Mais pourquoi cela, cher monsieur? De quelle importante affaire s'agit-il donc pour qu'on vous ait ainsi abandonné? demanda Brown en retirant le verre qu'il portait à ses lèvres.

— Oh! c'est qu'il y a un prêche ce matin, observa Assowaum, en replaçant sur la table le couteau dont il se servait pour porter à sa bouche une portion de la viande servie sur son assiette. Le méthodiste prédicateur doit avoir une bien mauvaise opinion des habitants de Fourche-la-Fave, puisqu'il croit nécessaire de les convier trois ou quatre fois par semaine à prier le Grand-Esprit.

— Ce que vous dites là est vrai, répliqua le fermier après avoir vidé son verre de whisky et en engageant Brown à imiter cet exemple. Je commence à trouver, comme vous, ces prêches trop fréquents. Mon voisin Smith et toute sa famille sont tombés dans la dévotion depuis quelques jours, et il n'y a pas eu moyen de les empêcher d'emmener ma bonne femme avec eux. Naturellement, afin de ne pas être seule, elle a emmené ses filles avec elle. M'est avis pourtant que dans un ménage il y a bien d'autres choses à faire qu'à aller au prêche.

— Oh! répliqua Brown, les femmes éprouvent plus que nous, généralement parlant, le besoin de ces choses-là. — Et en disant ces mots, le brave garçon pensait à sa bien aimée qu'il avait vue si souvent prendre part à ces pieuses manifestations publiques. — Nos occupations continuelles, ajouta-t-il, nous laissent peu de temps pour nous rendre avec elles au prêche; il y a, vous le savez, des femmes qui ont l'esprit sérieux et des dispositions par-

ticulières d'affection pour leur chez soi ; pour elles,
la religion devient une nécessité indispensable. Je
ne les blâme donc en aucune façon de donner toute
la vénération possible à ces pratiques religieuses
que l'homme, cette nature rude et bourrue, ne peut
pas adopter aussi bien qu'elles.

— Mon cher monsieur, ajouta le vieillard d'une
voix bienveillante, que le ciel me préserve d'en
vouloir à nos dames de s'adonner à la dévotion ou
de devenir des adeptes ferventes de ces prédicateurs ; et cependant je ne suis pas d'avis que les
femmes n'aient rien de mieux à faire dans ce
monde que de prier l'Éternel. Que le diable emporte les femmes trop pieuses ! Du moins, tel est
mon avis, et je ne crois pas devoir cacher mon
opinion.

Assowaum secoua la tête en signe d'approbation.

— J'enverrai Alapaha entendre vos paroles,
s'écria-t-il ; votre discours lui fera plus de bien
que ce que lui dit l'homme au visage pâle.

— Oh ! ne vous méprenez pas sur le sens de ma
manière de voir, répliqua Brown. Dieu sait que j'ai
horreur de l'excès dans toutes ces choses-là. Con-

venons qu'il y a, dans les pays d'alentour, une
tendance fâcheuse à abuser de cés choses-là. Du
reste, c'est moins la faute du prédicateur que celle
de ceux qui l'écoutent. Je suis d'avis que M. Rowson
parle à ses auditeurs avec conviction et qu'il adore
au fond du cœur la vérité des principes qu'il en-
seigne.

— Je n'affirmerai pas que vous parliez suivant la
vérité de ce qui est, s'écria le fermier, qui exprima
son impatience en ressautant sur la chaise où il
s'était assis. A vrai dire, je ne l'ai entendu prêcher
qu'une fois ; mais cette fois-là je ne l'ai pas trouvé
à ma convenance. Les clignements d'yeux qu'il
fait à tort et à travers m'ont paru déplacés. Un
homme qui tourne l'œil comme une carpe émue ou
un poulet malade, ne me paraît pas un homme au
cœur et à la lèvre sincères. Quoi qu'il arrive, je
n'irai pas une fois de plus l'ennuyer de ma personne ; qui plus est, je voudrais fort qu'il laissât
tranquille les dames de ma maison, afin qu'elles
eussent plus de temps pour veiller aux soins du
ménage. Les voyez-vous partir la tête recouverte
de leurs capelines, un livre de prières sous le bras ;

puis le soir, à l'heure où un honnête chrétien songe
à se coucher, les voilà qui rentrent comme un
ouragan, et, au lieu de se retirer dans leur appartement, elles vont se nicher dans un coin, se livrant aux contorsions les plus extravagantes et
s'accusant d'être des misérables, des pécheresses
et des femmes perdues. Si je ne connaissais pas
bien la moralité de ma famille, si je n'étais pas
convaincu que ma femme est une honnête créature
et que mes enfants n'ont pas leurs pareils au
monde, et s'il me fallait croire à leurs aveux inso-
lites et inutiles à entendre, je serais porté à les
prendre pour les plus grandes drôlesses du monde
entier. Tout cela a pour cause les discours absurdes,
les prières équivoques des prédicateurs métho-
distes du pays. Que le diable leur torde le cou! Je
n'ai pas la prétention d'être un ange, et certes j'ai
fait plus d'un faux pas; mais c'est justement pour
cela que je ne dois pas me traîner dans la poussière
et ouvrir la bouche en signe d'étonnement pour ne
pas avoir été englouti vivant pour les fautes que
j'ai commises. Certes, ce serait trop fort. Il y a
quelque temps, le prédicateur était ici et il voulait

organiser une prédication en plein champ; il ne put y parvenir; je l'emmenai partout, visiter ma ferme, mes bêtes, mes chevaux, mes vaches, mes champs labourés et mes pâturages. Puis, pour la prédication, je l'adressai à quelques milles d'ici chez Halfer, et je me débarrassai de lui de cette manière. Malheureusement ce fut pour une seule après-midi, car il persista à revenir chez moi pour réciter la prière du soir. Il coucha donc à la ferme, et que je suis pendu si je ne dis pas vrai, mais le cafard! demeura de neuf heures à dix heures moins un quart, à deux genoux, dans un coin, récitant la liste des bénédictions célestes qu'il désirait recevoir, quelque indigne qu'il en fût. Allons! je bavarde et je vois que vous avez fini vôtre repas. Vous avez hâte, sans doute, de vous éloigner. J'ai tout dit, mes amis, je ne vous retiens plus. Je vous recommande d'être prudents dans la coquille de noix où vous allez vous aventurer, le courant est très-rapide et un accident est trop vite arrivé.

— N'ayez aucune crainte, répliqua Brown en souriant, nous sommes tous les deux d'habiles nautonniers. D'ailleurs, mon ami le Peau-Rouge est

6.

le meilleur batelier de l'Amérique entière, j'ose le
dire. N'oubliez pas de m'envoyer demain mon
poney.

— Oui, oui, chez M. Harper; comptez sur moi,
répondit le fermier. Vous appelez-vous Harper aussi ?

— Non ; on me nomme M. Brown.

— Brown ! s'écria le vieillard d'une voix émue,
comme s'il eût éprouvé une anxiété toute particulière, en tenant les yeux fixés sur ceux de son interlocuteur. Vous n'êtes pas, je l'espère, ce même
Brown qui....

— Qui est accusé d'avoir tué le chef des Régulateurs. Si fait, c'est moi ! fit le jeune homme ; mais,
ajouta-t-il en faisant nn pas vers le fermier, tandis
que le rouge lui montait au visage, tant était grande son indignation, cette accusation est une infâme
calomnie, et je reviens pour confondre mes ennemis.
Ce n'est pas moi qui ai tué cet homme.

— Mais il avait menacé vos jours? fit le fermier
d'un ton de voix interrogateur.

— C'est vrai ! s'écria Brown dans un élan généreux, et si je l'eusse tué, j'aurais avoué cet acte ouvertement, sans restriction, cela, surtout, si la ren-

contre avait été loyale. Mais, si j'en dois croire le rapport d'Assowaum, Heathcott a été surpris par deux hommes qui, non-seulement l'ont tué, mais encore l'ont dépouillé de sa bourse. Voyons! là! ai-je l'air d'un meurtrier et d'un voleur?

— Non! certes non! s'écria l'honnête fermier en saisissant la main que lui présenta le jeune trappeur. Non! certes : je vous connais peu, mais il y a dans votre physionomie quelque chose d'ouvert et de loyal qui me revient; aussi, comme vous m'assurez de votre innocence, je veux être pendu si je n'y crois pas. Mes filles sont allées hier faire visite aux Roberts, et je leur ai entendu dire que la fiancée de M. Rowson avait chaleureusement pris votre défense.

— Assowaum, il est temps de partir, hâtons-nous, reprit Brown en se tournant, sans répondre directement au fermier, du côté de l'Indien, qui se tenait près de la porte.

— Je suis prêt, et il se fait tard, répliqua le Peau-Rouge.

Le jeune homme saisit dans ses mains celles du fermier, pour le remercier une fois encore de son hospitalité et de la confiance qu'il ajoutait à sa parole lorsqu'il l'assurait de sa non-culpabilité, et l'on se sépara.

Les deux amis entrèrent dans l'embarcation achetée à Halter. Assowaum alla s'asseoir au gouvernail, tandis que Brown se chargea de ramer. L'un et l'autre placèrent leur carabine à leur côté, et bientôt le canot léger, dirigé par deux rames habilement maniées, s'élança sur les eaux écumantes et disparut derrière un rocher proéminent qui servait de limite au territoire du fermier, et s'élevait à quelques centaines de pas de l'habitation.

Par bonheur, Brown et son ami ne voyageaient pas la nuit, car il leur fallait y voir clair pour franchir des obstacles très-dangereux, particulièrement en certains endroits où les saules et les trembles arrachés par la crue des eaux formaient *chicot*, la tête en bas, les racines en l'air, et contre lesquels leur barque se fût infailliblement brisée, car la rivière était entièrement obstruée.

A la chute du jour, les deux voyageurs atteignirent la partie la plus large, quoique la moins profonde du courant d'eau, et, par bonheur, il faisait encore assez clair pour que l'on pût éviter les passages périlleux de cette route liquide. La barque glissait sans faire le moindre bruit; peu à peu l'obscurité se faisait. Brown avait cessé de ramer, et Assowaum ne faisait plus que diriger l'embarcation.

Tout à coup le Peau-Rouge attira l'attention de son camarade blanc en lui indiquant une lumière qui brillait devant eux.

— C'est étrange ! murmura Brown. Qu'est-ce que cela peut-être ? ajouta-t-il en se tournant du côté de l'Indien. A travers le rideau de branches touffues, on dirait que cette lueur est produite par un grand nombre de gens portant des torches. Voyons, dans quel endroit du pays sommes-nous à cette heure ? Y a-t-il une maison, ici près, sur les bords de la rivière ?

— Oui, fit l'Indien en dirigeant le canot dans la direction de la lumière. Là-bas se trouve une hutte inhabitée. Alapaha a dû y passer la nuit, et nous mettrons pied à terre sur cette rive.

Un instant après celui où l'Indien avait prononcé ces derniers mots, le Peau-Rouge attachait à un arbre de la berge le canot qui avait atterri, et duquel Brown avait descendu.

V

LE PRÊCHE — UN TERRIBLE MESSAGE

Le soleil avait dépassé le méridien depuis environ deux heures, lorsque plusieurs groupes venant
de différentes directions s'approchèrent d'une petite
cabane isolée et située au milieu de la forêt. Le propriétaire de l'habitation, M. Mullins, un nouveau
colon, laborieux et homme d'ordre, avait défriché
en très-peu de temps un lot de terre considérable.
En prenant la maison elle-même pour point de vue,
l'observateur ne soupçonnait pas les changements
que la culture avait produits dans les alentours ; car
cette maison, contrairement à l'usage général des
fermiers américains, etait éloignée au moins d'un
demi-mille du champ défriché.

Bâtie sur le versant d'une modeste colline qui

formait le talus d'un plateau placé par la nature entre les eaux de la Fourche-la-Fave et celles de la
Petite-Jeanne, l'habitation était flanquée tout autour d'arbres abattus et de perches fendues, destinés à faire des barrières, le tout dans un pêle-mêle
qui communiquait à la localité un aspect bizarre,
mais peu agréable, et même attristant.

Mais l'animation qui se manifestait en cet endroit,
à l'heure de la journée à laquelle nous sommes
arrivés, contrastait d'une manière frappante avec
la solitude du site et le silence de la nature.

A tous les halliers on avait attaché un cheval;
tous les troncs d'arbres abattus servaient de siége à
plusieurs hommes endimanchés, qui devisaient fami-
lièrement entre eux. Pendant ce temps, les femmes
était rentrées dans l'intérieur pour déposer avant
tout leurs chapeaux, leurs mouchoirs de cou et leurs
châles. L'occasion était naturellement toute trouvée
de bayarder un peu et avec la plus grande discré-
tion sur les péchés de leurs voisins et de leurs voi-
sines, en attendant l'arrivée du prédicateur. Nous
ne croyons pas avoir besoin d'ajouter qu'on ne tou-
chait aux fautes du prochain que dans le but chari-

table de les pallier autant que le comportait cette énumération complète de ces mêmes fautes.

— Il est bien étonnant que M. Rowson ne soit pas encore ici, dit mistress Palter à mistress Mullins ; lui qui, d'ordinaire, est si ponctuel.

— Oh ! le révérend viendra sans doute avec les Roberts, répondit la dame ; il est tout naturel qu'il accompagne sa fiancée, puisqu'il doit se marier dans trois semaines.

— Eh quoi ! il est donc vrai que M. Rowson épouse Marion ? demandèrent deux ou trois interlocuteurs.

— Oui ; je le tiens de la mère elle-même, et il est probable qu'elle ne se trompe pas. Du reste, il y a longtemps qu'on sait qu'ils s'aiment l'un et l'autre. Je vous serais pourtant obligée de ne pas ébruiter la nouvelle, attendu que je ne sais s'il est déjà permis de la publier. Tenez, voilà M. Roberts qui vient sans M. Rowson. Comment se fait-il donc que...

— Vous ne savez donc pas qu'il est parti dans l'Arkansas? dit un parent de Barills ; il y va très-souvent, car ses affaires sont très-considérables ; à peine pourra-t-il arriver ici à l'heure convenue.

— Ce serait bien fâcheux ! répliqua en soupirant la plus jeune des mistress Smyers; je me réjouissais d'avance d'entendre prêcher ce brave homme.

— Oh! il viendra bien certainement, dit la mère des demoiselles Smyers, matrone corpulente et joviale; car nous avons tous besoin d'entendre la sainte parole de Dieu. Dans notre nouvel établissement, le penchant au mal et le péché n'ont jamais levé la tête plus qu'aujourd'hui; les vices envahissent la société. Ah ! que le Seigneur nous préserve de sa colère !

— Quand on songe qu'il y a des gens qui ne pensent même pas à prier, observa mistress Barills, et qui ne mettent pas les pieds dans un temple chrétien, le prêche eût-il lieu dans la maison voisine ! qu'il y a des gens qui jurent et qui blasphèment !

— Ah ! combien je voudrais pouvoir convaincre une seule fois mon mari, lui faire entendre la parole de Dieu ! fit mistress Hostler; il me promet toujours de m'accompagner, mais il ne tient jamais sa parole.

— Il faut vous y prendre comme moi, dit mistress Hennigs. Mon mari s'était un matin tranquil-

lement couché dans un coin de la chambre pour
faire sa sieste. En s'éveillant, il a trouvé toute la
chambre remplie de fidèles, au milieu desquels le
prédicateur de la Petite-Jeanne qui commençait justement la prière. Si vous aviez vu la grimace qu'il
a faite! Mais il n'y avait pas moyen de s'en aller:
il a bien fallu, bon gré malgré, avaler la pilule.
Que cela lui arrive encore deux ou trois fois, et il
filera doux. Dès que je l'engagerai à se rendre au
prêche il m'accompagnera, j'en suis persuadée. Ah!
quand on a éprouvé avec tant de bonheur ce qu'il
y a de bienfaisant, de consolant et de curatif dans
les prêches qu'on nous fait, on y revient sans cesse,
car on se sent attiré par une sorte d'impulsion in-
térieure qui ravit malgré soi.

— Mais M. Hennigs a dit à mon mari que la première fois qu'il voudrait reposer il s'entourerait de
ses chiens, observa mistress Smith, afin que ceux-
ci fissent le diable à quatre du moment qu'on en-
trerait dans la chambre.

— Bien! Qu'il ne s'en avise pas! répondit mistress Hennigs d'un ton courroucé; je suis bien aise
de le savoir. Comment! les chiens sur mon lit! Il

ne manquerait plus que cela! Je voudrais bien voir!
Bonjour, mistress Roberts, dit-elle en s'interrompant, au moment où elle vit entrer cette dame,
accompagnée de sa fille. Comment allez-vous, mistress Roberts?

Toutes les formules de salutation et de bienvenue
furent alors échangées de tous côtés : ce fut un feu
roulant de « bonjour, » de « comment allez-vous?
comment va-t-il? comment va-t-elle? » si bien que
les dames, absorbées en outre par le spectacle
éblouissant des toilettes qu'elles passaient en revue
et critiquaient à la ronde ne virent pas arriver
M. Rowson, le prédicateur dont elles raffolaient et
qui parut au milieu d'elles comme une bombe, en
les saluant de la manière la plus gracieuse et la
plus avenante.

Le sourire qui errait sur les lèvres de cet homme
dissimulait mal l'état piteux dans lequel il se trouvait : la figure pâle, les joues hâves et creuses, les
yeux ternes et enfoncés, la langue tremblante, les
mouvements convulsifs, tout trahissait une émotion
particulière. On ne tarda pas aussi à remarquer qu'il
laissait pendre son bras, comme s'il était blessé.

— Monsieur Rowson! s'écrièrent toutes les dames
presque d'une seule voix : êtes-vous donc malade?
qu'avez-vous? vous êtes pâle comme un cadavre!

— Il faut que vous soyez indisposé, fit mistress
Roberts en s'approchant de lui, ou bien il vous est
arrivé quelque chose ?

— Non, rien, rien du tout, je vous remercie, répondit le prédicateur en souriant agréablement ; je
vous remercie infiniment, mes honorables amies et
sœurs, pour l'intérêt que vous portez à ma santé.
L'état dans lequel vous me voyez n'est peut-être
que l'effet de la fatigue. Je reviens des établissements du Nord, et j'ai fait une longue traite la nuit
dernière, pour ne pas manquer à ma parole et arriver à l'heure précise. C'est là probablement ce qui
a un peu altéré mes traits, eu égard au peu d'habitude que j'ai de faire des marches forcées.

Tout en parlant ainsi, Rowson s'approcha de
Marion, à laquelle il tendit gracieusement la main.
Au moment où il fit ce geste, Marion remarqua
que son bras gauche avait une rigidité toute particulière : aussi lui demanda-t-elle avec intérêt
s'il s'était blessé.

— Oh! ce n'est rien, répondit le prédicateur, une bagatelle, un bobo qui n'aura pas de suite. Mon cheval s'est abattu hier soir sur un tronc d'arbre gisant à travers un chemin, et il m'a jeté contre une pierre, de sorte que je me suis un peu écorché le bras; comme c'était une égratignure insignifiante, je n'y ai fait aucune attention. L'humidité et la fraicheur de la nuit ont fait enfler mon bras ce matin, de sorte que j'ai le bras un peu roide. Mais, comme je viens de vous le dire, cela n'aura pas de suites.

— Ah! monsieur Rowson, j'ai un onguent infaillible, un vrai baume, observa mistress Mullins en s'approchant de lui; permettez-moi....

— Je vous remercie infiniment de votre amabilité, cela ne vaut vraiment pas la peine d'y songer le moins du monde. Non, parole d'honneur, je vous remercie, mon excellente sœur Mullins. Quand même cette foulure insignifiante serait plus sérieuse, je ne voudrais pas assumer la responsabilité d'une heure de retard au préjudice de tant d'âmes pieuses et croyantes qui brûlent du désir de converser avec le Seigneur! Commençons, mes pieuses amies, le saint exercice; vous voyez com-

bien sont nombreuses les oreilles avides de la parole de vie ! Resterons-nous ici ou irons-nous en
plein air ? Il vaudrait peut-être mieux nous mettre dehors, cette chambre étroite pourrait à peine
contenir la foule.

— Pourvu que l'air ne soit pas trop froid pour
vous, remarqua avec intérêt mistress Roberts ; le
vent qui souffle ce matin est humide et glacial.

— Soyez sans inquiétude à mon égard, répondit
le prédicateur en souriant et en pressant la main
de la bonne dame ; je suis au service du Seigneur,
et le serviteur qui s'occupe avec négligence des intérêts de son divin maître encourt sa disgrâce et
ses colères redoutables. Du reste, le mouvement
me fera du bien, et au bout de deux ou trois jours
ce malaise sera passé.

Il était inutile d'insister davantage. On apporta
une petite table dans l'espace vide entre deux mûriers que le fermier, en abattant les arbres qui ombrageaient sa maison, avait laissés debout, eu égard
à la douceur de leurs fruits ; et pendant l'espace
d'une demi-heure, la voix grêle et retentissante du
prédicateur prodigua les prières les plus ardentes

et les actions de grâces les plus chaleureuses au Dieu de toute pureté et de toute sainteté.

Et les arbres ne s'abattirent point sur le monstre, la terre n'engloutit pas l'infâme hypocrite qui levait ses mains rougies de sang vers le Dieu qui abhorre avant tout le mensonge et la perfidie, sur ce blasphémateur, ce forban religieux qui remerciait le Dieu de toute bonté et de toute miséricorde d'avoir béni de sa main paternelle les faibles efforts de son ministre, d'avoir comblé de ses plus riches bénédictions et d'avoir réuni sous le pavillon des cieux, en un seul troupeau, uni et croyant, animé de foi, d'espérance et de charité, tous ces fidèles, ces serviteurs et enfants rachetés par un sang d'un prix infini ! La foudre vengeresse du ciel n'écrasa pas le traître qui demanda pardon pour ceux qui négligeaient l'occasion d'entendre la parole divine, seul moyen d'être à même de renoncer au péché et à ses convoitises et de se rendre dignes du nom de serviteurs du Très-Haut !

Il était là sur l'estrade, les bras étendus en forme de croix, à la manière du Sauveur des hommes pour mieux accueillir ses enfants, et il ne rougissait pas, le misérable, lorsqu'un rayon du soleil souriait dans l'espace et perçait l'épais feuillage des arbres, jetait sa bienfaisante clarté au milieu de la pieuse assemblée ! Il ne rougissait pas quand celles qu'il appelait ses sœurs et qui étaient les plus proches de lui, se disaient tout bas qu'une auréole de gloire entourait déjà la tête de l'homme de Dieu ! Il ne trembla pas et il n'abaissa pas son regard impudent lorsqu'il rencontra les regards purs et innocents de sa fiancée, qui, pour la première fois, se sentait portée vers lui, car elle croyait aussi que le zèle du ministre du Seigneur était la cause unique de l'altération qu'affectait si péniblement le prédicateur. Que ne peut la compassion et la sympathie sur le cœur des femmes !

En ce jour-là Marion fut persuadée pour la première fois qu'elle pourrait vivre, sinon heureuse, du moins tranquille et contente, avec un homme d'une vertu et d'une sainteté si éminentes. C'est ainsi que Rowson conquit en une fois, grâce à la pâleur de ses traits, un cœur qui avait résisté aux efforts les plus laborieux et les mieux combinés de son astuce.

Cependat Rowson continua à prêcher jusqu'au bout avec un calme inaltérable le saint Évangile. Ses lèvres ne balbutièrent point lorsqu'il invoqua la grâce et la miséricorde du Seigneur en faveur de ses ouailles et de son ministre : sa langue ne s'attacha point à son palais lorsqu'il prononça le solennel *amen* en donnant *sa* bénédiction. Une seule fois, une seule, dis-je, au moment où tous les assistants prosternés étaient comme dilatés et ravis au troisième ciel, un sentiment d'effroi soudain, rapide comme un éclair, le fit tressaillir, au point qu'il hésita et resta court pendant plusieurs secondes. Dans la région aérienne, au-dessus des sommets agités des chênes, planaient quatre vautours noirs dans la direction du nord-ouest. Le bruit sinistre du battement de leurs ailes ne pouvait pas frapper ses oreilles à cause de l'énome distance qui séparait les oiseaux du prédicateur ; mais Rowson savait où ils allaient, il devinait quelle serait leur pâture, dans quel cadavre ils enfonceraient leurs becs avides, avant que le soleil eût disparu à l'horizon.

Alors, faisant un effort désespéré sur lui-même,

7

l'infâme entonna de toute la force de ses poumons un solennel *Alleluia*, amère ironie de lui-même ! et l'assemblée fit chorus en continuant l'air connu.

Pendant que les voix sonores s'élevaient vers le Créateur en modulations pieuses, le ministre décontenancé se rassura et reprit son courage pour achever la cérémonie.

Tous les colons qui s'étaient rassemblés à l'endroit où vient de se passer la scène que nous venons de raconter, n'avaient pas participé à la prière commune; un petit groupe s'était formé sur une pelouse éloignée d'environ cent cinquante pas de la maison. Les plus marquants de ceux qui se trouvaient là, étaient Bahrens, le marchand Hartford, Roberts et Wilson : ce dernier était également un nouveau colon établi sur la même rivière, mais sa demeure gisait sur la rive opposée. Leur conversation, que le commerçant avait animée par ses gémissements sur la stagnation des affaires et du commerce en général, languissait déjà, faute de sujet, lorsque la morale retentissante du prédicateur Rowson frappa leurs oreilles. Bahrens, qui venait de tirer de sa poche un flacon de whisky, confus de son audace, se hâta de le replacer au plus vite dans la cachette où il l'avait pris. Wilson, témoin de cette manœuvre, retint par le bras Bahrens, qui le frustrait de cette goutte d'alcool pour laquelle il avait un grand faible.

— Arrêtez! fit-il en riant; ce que vous faites là est barbare. Laisser venir l'eau à la bouche de quelqu'un pour ne pas aller plus loin, certes, voilà qui est un peu trop fort; nous allons voir qui aura le dessus, de vous ou de moi.

— Allons, Wilson, soyez raisonnable! Si Rowson ou une des dames tournait les yeux de ce côté-ci...

— Eh bien! après tout, où serait le mal? Du reste, il faudrait qu'ils eussent les uns ou les autres la vue bien perçante pour voir ce qui se passe ici. Et quand ils nous verraient? La belle marchandise qu'il débite là! Si nous étions venus pour écouter le bavardage du prédicateur, nous serions là-bas, assis près de lui.

— Mais faites donc attention qu'il me faut cacher cette fiole autant que possible; ma femme est venue au prêche, et si elle s'aperçoit de quelque chose,

j'aurai au moins pour huit jours de mauvaise humeur à supporter.

— Oh ! il n'y a pas de danger qu'elle vous voie,
mon vieux, répliqua Wilson en riant.

En même temps, sans écouter Bahrens, le buveur
intrépide tourna le dos à la société réunie en
prières, et, approchant le flacon de ses lèvres, con-
sidéra quelques instants avec religion le ciel azuré
qui resplendissait au-dessus de sa tête.

— Là, là, dit Roberts en pressant sur l'extrémité
du flacon pendu aux lèvres de son camarade, vous
allez vous étouffer. N'avez-vous donc pas assez bu ?
Est-ce que vous quitterez le flacon, ou bien est-ce le
flacon qui vous abandonnera ? Si vous aviez fait
la moindre attention au speech de Rowson, vous
auriez profité de sa morale : « Ne faites pas à au-
trui ce que vous ne voudriez pas qu'on vous fît. »

— Allez-vons-en au diable, vous et votre morale !
répliqua Wilson impatienté en s'étendant tout de son
long sur le tronc d'arbre où il s'était assis jusqu'a-
lors et en portant ses regards au milieu des branches touffues. Dans notre comté, on veut moraliser
tout le monde et toujours ramener sur la bonne

voie ceux qui marchent droit devant eux. On ne sort pas de là, c'est éternellement le même refrain. Cela m'ennuie à la fin. Autrefois, c'était bien différent. Quels gaillards nous avions parmi nous ! Des lurons qui n'avaient ni chapeau à la tête, ni souliers aux pieds : ils auraient fait fi de ces vêtements qui amollissent le corps. Au milieu des orages et des neiges, ils allaient par monts et par vaux comme par le plus beau temps, et ils ne connaissaient pas plus de dimanche qu'un cerf ou un ours. Bientôt on ne chômera plus seulement les dimanches, mais on se reposera aussi les mercredis et les samedis pour ne songer qu'à la prière. Et tout cela en faveur de quel saint ? Pour complaire à un prédicateur, mou, efféminée. Ah ! pardon, Roberts, je ne me rappelais plus qu'il va devenir votre gendre.

— Oh ! tirez sur lui à boulet rouge, s'écria Roberts ; ne vous gênez pas à cause de moi. Je suis peut-être du même avis que vous. Continuez le feu, mon brave ; courage !

— Eh bien ! oui. Il est probable que vous savez tout ce que je veux dire. Je déteste cette manie de vouloir sans cesse nous montrer le chemin du ciel.

7.

Le diable doit passer par là dans le but d'arriver à
destination avant nous. Cela me rappelle l'aventure
d'un nouveau colon allemand du pays d'en haut qui
demanda au vieux Curtis le plus court chemin pour
aller de sa maison à Kellwefers. Celui-ci lui expliqua en détail les méandres de la route qu'il avait à
parcourir. « D'abord vous prendrez par le cannier,
tout droit vers l'ouest, jusqu'à ce que vous arriviez
aux buissons de houx, en pleine forêt; ensuite
vous tournerez un peu au nord; puis, arrivé aux
cyprès, vous avancerez tout droit au nord jusqu'au
petit lac; enfin, de là, laissant la nappe d'eau à
gauche, vous suivrez tout à fait la direction de
l'ouest, parce qu'autrement vous déboucheriez sur
la grande route. » Comme vous voyez, rien n'est
plus simple et plus clair en théorie; on croirait, à
entendre retracer cet itinéraire, qu'il suffit de cinq
sens pour pouvoir le suivre d'un bout à l'autre sans
dévier ni à gauche ni à droite. Mais autre chose est
la théorie, autre chose la pratique. Recken était à
peine engagé au beau miliu des broussailles, qu'il
commença à tourner dans un cercle vicieux; il y
tournerait encore si je ne m'étais trouvé là pour le

tirer de ce labyrinthe. Le soir du même jour, étant
à la chasse aux dindons dans ces parages, j'enten-
dis un cri de détresse. Je me dirigeai du côté d'où
était parti le cri, et j'aperçus Recken venant au-
devant de moi. Il avait entendu le bruit de la détonation de mon arme. Depuis ce jour-là, j'ai plusieurs fois essayé de faire suivre le même itinéraire
à des personnes de ma connaissance ; elles partaient
munies de mes instructions aussi clairement expli-
quées que bien comprises, et chaque fois elles re-
venaient par une route différente de celle qui leur
avait été indiquée. Il s'agit maintenant de percer
un chemin à la hache à travers cette longue étendue de buissons épais pour que les voyageurs puis-
sent y marcher en droite ligne.

— Il y a là une certaine analogie, dit Bahrens
en riant ; seulement je ne crois pas que ce pèlerin
au visage blafard, qui prêche là et qui tourne ses
yeux si pieusement et si dévotement, sache bien
tracer l'itinéraire qui conduit à Dieu. Du reste, peu
m'importe. Ce qui est certain, c'est qu'il me déplait
au suprême degré.

— Ma femme est entichée de lui, dit Roberts. Pas

plus tard qu'hier soir elle disait que c'était un saint homme, un véritable apôtre, et que son cœur éprouvait une pieuse émotion dès l'instant où il mettait le pied dans la maison.

— C'est à ne pas y croire, s'écria son interlocuteur ; avant peu il lui poussera des ailes, et il s'envolera sur une branche d'arbre pour y manger de la manne.

— Voyez donc ces vautours noirs qui planent là-haut, dit Wilson ; voilà le vingt-troisième que je compte depuis que je suis couché ici. Je donnerais quelque chose pour savoir ce qu'ils veulent faire.

— Mais, monsieur Roberts, interrompit l'épicier, qui ne connaissait pas son habitude, je croyais que vous alliez nous parler de musique.

— Pourquoi l'avez-vous arrêté ? dit Bahrens en riant ; il fallait le laisser continuer ; dans quelques minutes il serait parti pour New-York ou la Nouvelle-Orléans et il aurait fait le tour du monde.

— Vous êtes ridicule, répliqua Roberts ; je ne songeais ni a New-York ni à la Nouvelle-Orléans. Je voulais tout simplement vous parler de Wells, dont le voisin avait aussi acheté une machine comme celle-là, un instrument long et pointu, avec des trous réguliers, ressemblant à une flûte. Mais il allait mettre l'outil à la bouche par l'extrémité, et non par le côté. Wells avait passé la soirée chez Smith, et le soir, au moment de la prière, il exhiba son instrument. Il venait d'arriver de Fort-Gibson et ne connaissait pas encore nos usages : il avait aussi, à ce que je crois, vécu longtemps aux frontières indiennes, et il aimait par-dessus tout à raconter les éternelles disputes, les combats toujours renaissants qu'il avait eu à soutenir contre les Choktaws, qui venaient d'être repoussés de la Géorgie dans l'ouest. Le sort de ces pauvres diables me faisait peine à moi-même ; car on les a impudemment spoliés de leurs terres, mais leurs.... voleurs venaient de Washington et de New-York.

— Hurrah ! s'écria Bahrens, qui avait attendu, pour faire explosion, le moment où le narrateur incohérent nommerait les deux villes auxquelles il n'avait pas songé ; il y est ! ne l'avais-je pas dit ?

— Ne criez donc pas si fort ! fit Wilson : tout le monde nous regarde de là-bas. Dieu soit loué ! voilà qui'est fini. Aujourd'hui, du moins, Rowson n'a pas allongé la sauce.

— C'est qu'il n'a pas l'air bien portant du tout, observa Roberts ; il m'effrayait quand je l'ai rencontré tout à l'heure là-bas dans les champs.

— Dans les champs ? Mais je croyais qu'il venait du pays d'en haut, des établissements du nord, remarqua Wilson.

— Il peut très-bien venir du nord, répliqua Bahrens ; si, à trois milles d'ici, il a pris à droite pour contourner les endroits marécageux, il a dû déboucher à peu près à l'angle de nos champs. J'ai fait une fois le même chemin à cheval. Mais le long des collines le chemin est encore plus sec.

Le meeting était terminé, et tout le monde s'était séparé : c'était un pêle-mêle de l'aspect le plus étrange.

Madame Bahrens, du même pas qu'elle avait quitté le lieu du prêche, se dirigea vers les joyeux fermiers qui avaient causé quelque distraction aux personnes réunies en prières ; elle attrapa son mari, — son vieux, comme elle l'appelait, — par un des boutons de son habit, et le tint sur la sellette au moins pendant un quart d'heure.

Pendant ce colloque, Wilson poussa plusieurs fois Roberts par les épaules, en lui demandant si on le garderait longtemps comme cela en chartre privée.

— Mes enfants, il se fait tard, dit enfin Smith, auditeur très-assidu des oraisons religieuses et jouissant de la réputation d'homme pieux; le soleil va se coucher, et j'ai encore plusieurs milles à franchir. Wilson, venez-vous avec moi?

— Ce n'est guère possible, répondit celui-ci; j'ai promis à Bahrens de l'accompagner; il veut me raconter certaines aventures qui lui sont arrivées la semaine dernière.

— Dans ce cas, vous vous embarquez pour un long voyage! fit Mullins en riant. Vous nous ferez savoir quand il sera fini.

— Oh! vous pouvez rester si bon vous semble, s'écria Bahrens; je suis devenu circonspect avec mes histoires et je ne les prodigue plus; car.... Grand Dieu! quelle mine effrayante!

Cette dernière exclamation s'adressait à un jeune

homme qui, dans ce moment même, s'élança des buissons et s'approcha des fermiers. Il avait les traits tellement bouleversés, les yeux tellement effarés et interdits, que plusieurs dames se reculèrent d'effoi, et que Wilson se leva en sursaut en s'écriant :

— Holway! que diable faites-vous donc là? êtes-vous donc fou pour vaguer ainsi de tous côtés comme un cadavre ambulant bon à effrayer les gens? Que vous est-il donc arrivé?

— Oh! c'est une chose terrible! répondit douloureusement le jeune homme en s'affaissant sur un tronc d'arbre. J'ai eu une vision épouvantable! répéta-t-il d'une voix sourde et creuse : là-bas, dans la vieille cabane.

— Eh bien! qu'y a-t-il là-bas? demandèrent dix hommes à la fois.

— Laissez-moi d'abord respirer, je suis hors d'haleine; là-bas, dans la vieille log-house..... j'ai vu... oh! je frémis quand j'y pense... le cadavre de l'Indienne.

— Le cadavre d'Alapaha? s'écria la foule interdite; de la femme d'Assowaum? C'est horrible! c'est abominable! c'est infernal.

Telles furent les exclamations qui partaient de toutes les bouches. Comment l'avez-vous trouvée? de quoi est-elle morte? quel aspect a-t-elle? quel est l'assassin? Mille autres questions semblables se croisaient avec la rapidité de la pensée.

— Je ne sais rien, répondit Holway; laissez-moi le temps de retrouver mon sang-froid. J'ai couru jusqu'ici si rapidement que vous ne me croiriez pas si je vous disais que je suis venu en dix minutes. La frayeur m'a donné des ailes.

— Mais parlez donc! qu'est-il arrivé?

— M'y voilà! tout de suite. Écoutez-moi donc : La semaine dernière j'étais allé chasser à l'embouchure de la rivière, et avant-hier j'en suis reparti pour venir rapporter ici les peaux que j'avais fait sécher pour les vendre. J'espérais hier soir arriver à la maison de Tanner; mais la nuit me surprit et je fus obligé de m'arrêter sur le bord de la rivière, au milieu des roseaux. Oh! j'ai déjà passé bien des nuits tout seul au milieu des forêts! j'ai été exposé à de nombreux orages et à des tempêtes sans avoir jamais eu peur! Mais hier un frisson glacial s'empara de moi à plusieurs reprises, et je fis uh feu

8

double de celui dont j'aurais eu besoin. C'était certainement un pressentiment de l'événement qui
avait eu lieu dans le voisinage. Du reste, tout était
tranquille autour de moi, à l'exception de mon
chien, qui se mit une fois à japper. Quant à moi,
il me semblait entendre ronfler un cheval. J'é-
tais indubitablement dans l'erreur, attendu qu'en
cet endroit le cannier est impénétrable, et que
la rivière est très-profonde. Hoswell m'avait promis, quelques jours auparavant, de me prêter son
canot; mais, de très-grand matin, j'aperçus des
essaims d'abeilles qui allaient butiner, et je me mis
à chercher l'arbre qui devait leur servir de demeure
et de ruche.

Déjà l'heure de midi était arrivée, sans que
j'eusse trouvé la ruche, et j'allai reconnaître sur
le bord de l'eau pour voir si l'on m'avait amené
le canot; cette excursion n'eut pas plus de succès
que la première. Je suivis alors tous les angles,
coins, sinuosités, criques du courant, et je ne trou-
vai qu'un mouchoir de poche rempli de provisions
de bouche, probablement pendu à une branche et
oublié par un chasseur. De guerre lasse, je remon-

tai jusqu'au gué, me disposant à traverser la rivière à la nage.

Mon intention était de tourner à gauche et de remonter le long de la rivière deux milles plus haut, pour y prendre un canot que je savais trouver là. Après une demi-heure de marche, je remarquai une bande de vautours noirs qui paraissaient s'abattre sur un point peu éloigné du chemin. Je distinguai aussi au moins vingt pistes de loups toutes fraîches qui suivaient le chemin dans la même direction, et je me résolus, puisque je n'avais rien de mieux à faire pour le moment, d'examiner quel était le gibier qui était là : un ours avait peut-être tué un peccari, ou bien une panthère aurait pu étrangler une vache. Dieu du ciel! je n'étais pas préparé à un terrible spectacle qui se présenta à mes regards!

Quand j'eus atteint le hallier épais où se trouve la petite cabane, je fus persuadé qu'un peccari était tombé entre les griffes d'un ours affamé; et cela était d'autant plus probable que j'avais encore trouvé le matin des traces d'un ours sur le bord de la rivière. Mais ce qui m'étonna c'est qu'aucun des

vautours ne s'abatiait par terre ; ils étaient tous
perchés sur les branches des arbres qui entourent
la cabane, et ils battirent des ailes avec acharne-
ment lorsque je m'approchai d'eux.

— Et les loups ?

— Je n'ai pas suivi leurs traces; j'étais persuadé
que le cadavre ne pouvait se trouver que dans la
cabane même, et j'y entrai délibérément, ne me
doutant point encore que j'allais trouver un corps
humain. Oh ! n'exigez pas de moi que je vous raconte en détail ce que j'ai vu. Jugez de l'horreur
que j'ai éprouvée en apercevant le cadavre de l'Indienne. Aussitôt je me précipitai hors de la cabane
et je m'enfuis, comme si j'avais perdu la raison,
vers la ferme la plus proche. Là, je ne trouva
qu'une petite négresse, qui me dit qu'il n'y avait
personne à la maison, et que tout son monde était
au prêche; je poursuivis mon chemin, courant toujours en avant, car il me fallait à tout prix trouver
enfin des créatures humaines.

— Mais racontez-nous donc...

— Non, rien; rien, absolument rien; je veux
que vous voyez de vos propres yeux, et cela immé-

diatement, car il ne faut pas que le cadavre reste là la nuit prochaine. Les loups qui, aujourd'hui, ont eu peur d'entrer dans une maison habitée par des hommes, reprendraient ce soir assez d'assurance pour y pénétrer à la faveur de la nuit et dévorer le corps.

— Où est donc Assowaum? demanda Roberts; serait-il par hasard déjà sur les traces de l'assassin?

— Oh! il n'est pas possible qu'il ait laissé là sa femme sans l'enterrer, observa Bahrans. Cela n'est pas...

— Mais j'y songe, ne serait-ce pas Assowaum lui-même... dit Smith en regardant cauteleusement autour de lui. Il ne voulait pas qu'Alapaha assistât à la prière des blancs, et il lui a adressé de nombreux reproches au sujet de sa conversion au christianisme.

— Je croirais plutôt qu'elle a été tuée par sa propre mère que par Assowaum, fit Roberts avec vivacité, car je sais à quel point il l'aimait. Mais il faut partir sur-le-champ, le temps s'écoule et il y a une bonne trotte d'ici à la cabane. Avez-vous des torches chez vous, Mullins?

— Oh ! il y en a en masse, répondit le fermier, et toutes préparées. Je devais les emporter avec moi lundi prochain au marais Salnifs, mais dans cette circonstance il faut nous en servir. Nous pouvons partir tout de suite. Où est M. Rowson ?

— Me voici, répondit le ministre qui s'était appuyé jusque-là contre un tronc d'arbre, sans avoir été remarqué par personne. Il faut que nous partions sans différer, pour arriver le plus tôt possible et découvrir l'auteur de cette action abominable.

— Bon Dieu ! monsieur Rowson, observa madame Roberts, je crois qu'il faut que vous restiez ici, car vous êtes d'une pâleur effrayante !

— Oh ! certes non ! mon devoir est d'aller avec ces gentlemen, fit le ministre ; il est vrai que j'ai des douleurs épouvantables, mais...

— Non, nous ne consentirons dans aucun cas à votre départ ! s'écria madame Mullins : l'aspect de ce cadavre vous causerait une impression fâcheuse.

— Mais, excellente sœur Mullins, il y a cependant des circonstances...

— Restez ici, monsieur Rowson, ajouta aussi Roberts ; vous n'avez réellement pas l'air bien portant, et votre présence n'est pas indispensable à la triste mission que nous allons remplir aujourd'hui. Demain, pour l'enterrement, ce sera autre chose; demain nous réclamerons votre ministère, si, comme je l'espère, vous vous trouvez mieux.

Le prédicateur inclina affirmativement la tête, sans dire mot, mais par un mouvement de sensible reconnaissance; et il allait se retourner pour rentrer à la maison, lorsque sa fiancée lui barra le chemin; elle lui tend la main, lui adresse un regard timide et un sourire :

— Bonsoir, monsieur Rowson, murmura-t-elle; couchez-vous et réveillez-vous demain matin gai et dispos; bonsoir!

Ces paroles, qui sortaient de la bouche de l'aimable et innocente jeune fille, étaient aussi douces que pleines d'amabilité, mais elles pénétrèrent comme une pointe acérée dans l'âme du brigand. Effrayé, terrifié par le contact de cette créature angélique, il allait reculer et tomber à la renverse devant cette vierge sans tache, lorsque ses yeux se portèrent sur ceux qui le regardaient avec une sympathie croissante. Toute son énergie morale se réveilla ; il attira à lui la jeune fille rougissante, imprima un léger baiser sur son front, posa sa main sur ses cheveux pour la bénir, et s'avança ensuite d'un pas ferme vers la maison où il allait se reposer sur le lit qu'on lui avait préparé en toute hâte, mais qui n'en était ni moins doux ni moins chaud.

— Quel ange ! murmura mistres Smith en joignant les mains, et en suivant Rowson d'un regard plein d'une religieuse sympathie.

— Un vrai saint ! dit mistress Pelter qui était à côté d'elle et avait entendu son exclamation. Cette tendre et sensible Marion est devenue aussi pâle que la mort quand on a parlé du corps mort, et elle commençait à trembler. Oh ! son cœur est d'une trempe si délicate...

— Marion a lieu de remercier le bon Dieu à genoux d'avoir été jugée digne de s'unir à un homme d'un aussi grand mérite, dit mistress Smith.

— Quand donc aura lieu le mariage ? demanda mistress Pelter.

— Bientôt assurément, répondit mistress Smith. Pas plus tard qu'aujourd'hui... Mais voilà ces messieurs qui partent! Nous autres femmes, nous n'allons donc pas avec eux?

— Non, nous y serions de trop, répliqua mistress Bahrens; mon mari n'aimerait pas de me voir là. Je m'en retourne chez nous; mais demain nous reviendrons tous pour l'enterrement.

— Certainement, répondit mistress Smith en conduisant son cheval devant un tronc d'arbre pour monter plus facilement en selle.

La plupart des autres dames suivirent cet exemple, et peu de temps après le départ des hommes sur leurs poneys, les femmes avaient toutes repris le chemin de leurs habitations. La séparation ne s'opéra pas, toutefois, sans échanger des saluts nombreux qu'elles se prodiguaient à qui mieux mieux. Mais ce qu'on n'oublia pas, surtout, ce fut une recommandation solennelle et répétée à l'heureuse maîtresse de la maison de veiller à la santé du bon pasteur M. Rowson, et celle-ci promit de le soigner mieux qu'elle ne le ferait de son propre enfant.

8.

VI

VEILLÉE FUNÈBRE

La distance de la ferme du Mullins à la vieille cabane était d'environ quatre milles en ligne droite. Les hommes franchirent cet espace en très-peu de temps, et la nuit n'était pas tout à fait venue lorsqu'ils atteignirent le « défrichement mort » *(dead clearing)*, comme il est d'usage d'appeler dans l'Arkansas les endroits jadis cultivés et abandonnés ensuite par leurs propriétaires.

Robert s'arrêta alors, attacha son poney à la branche d'un arbre, et ses amis imitèrent son exemple. La première chose à faire était d'allumer le feu. Quoique la troupe réunie fût composée de seize personnes, aucune parole ne fut échangée entre eux : d'un geste ils se comprenaient. On réunit des branches mortes en un monceau, et bientôt la flamme s'éleva de ce tas de bois. Roberts et Wilson s'avancèrent ensuite, suivis de leurs amis, dans la direction de la cabane où les attendait le plus navrant et le plus horrible de tous les spectacles. Ils s'arrêtèrent sur le seuil de la cabane.

Là, devant leurs yeux, était gisant le cadavre de l'infortunée Alapaha, qui était évidemment tombée sous les coups d'un ennemi dont la force l'avait vaincue.

Les amis de Roberts pénétrèrent à leur tour dans le log-cabin et formèrent un cercle autour de ce corps inanimé, dont les formes délicates étaient éclairées par des torches flamboyantes.

— Vous le voyez, mes amis, on l'a assassinée, fit enfin Roberts d'une voix émue.

— Oui! on l'a tuée, c'est évident, répondirent tous les autres d'une voix unanime.

Du reste, il n'y avait pas moyen de nier le crime; une horrible blessure, infligée sans nul doute par un coup de coutelas bowie-knife, avait causé sa mort. On découvrait ensuite trois larges ouvertures

profondes et béantes, d'où le sang coulait encore,
et que la même arme avait infailliblement faites. Il
était clair que la pauvre Indienne s'était valeureu-
sement défendue, car le terrain était piétiné tout
autour des parois de la hutte; mais au premier
coup qui l'avait atteinte, la squaw d'Assowaum
était tombée pour ne plus se relever.

— Y a-t-il parmi vous quelqu'un qui puisse donner une idée de la manière dont ce meurtre a été
commis? Nul d'entre vous, gentlemen, ne soup-
çonne-t-il l'assassin? demanda Roberts à ceux qui
l'entouraient.

Aucun des assistants ne prit la parole, et après
un silence prolongé, Bahrens seul desserra les
lèvres.

— Vous savez bien qu'il est impossible de lire au
fond du cœur humain et de voir ce qui s'y passe.
Hélas! cette pauvre Indienne était si loyale et si
courageuse, si bonne et si affable, qu'il est difficile
de s'expliquer comment, dans notre pays, un seul
individu a osé devenir son ennemi. Pour ce qui me
concerne, je ne devine pas quel est le misérable
qui a pu lever sur elle une main homicide.

— Ni moi non plus, ni moi! s'écrièrent tous ceux qui écoutaient Bahrens.

— Quel est celui de nous qui, le dernier, a rencontré Alapaha? demanda Wilson.

— J'ai vu hier après-midi la pauvre squaw et Assowaum sur ma route, de l'autre côté de la rivière, répliqua Pelter : ils paraissaient être très-bien ensemble. Mais lequel parmi nous connaît ce qu'il y a au fond du cœur d'un Indien?

— Oh! Assowaum est innocent d'un pareil crime, s'écria Roberts d'une voix solennelle. Je donnerais mon sang pour défendre mon assertion.

— Innocent de quel crime? demanda le Peau-Rouge lui-même, qui parut sur le seuil de la cabane, suivi de son ami Brown.

Et, en disant ces mots, Assowaum pénétra dans l'intérieur ; car tous les hommes se rangèrent de côté pour lui faire place. Aussi le malheureux n'apprit-il rien par leur bouche de l'horrible surprise qui l'attendait, jusqu'au moment où son pied se heurta contre le cadavre de sa bien-aimée Alapaha.

— Waugh! s'écria-t-il d'une voix tremblante,

frappé au cœur comme l'est un cerf atteint par la balle du chasseur, que veut dire ceci?

— Grand Dieu! Alapaha! murmura Brown, qui pâlit à cette vue. Alapaha assassinée!

— Assassinée! répéta le Peau-Rouge d'un ton de voix anéanti, tandis que les yeux du pauvre Indien semblaient prêts à sortir de leurs orbites. Et en même temps Assowaum porta la main au coutelas appendu à sa ceinture comme s'il eût voulu le plonger à l'instant même dans le cœur de celui qui avait tué sa femme. Qui parle d'assassinat? ajouta-t-il.

— Ces paroles sont-elles celles que prononce un meurtrier? demanda Roberts, qui plaça sa main droite sur l'épaule de son ami le Peau-Rouge en regardant audacieusement tous ses amis.

— Non! certainement non!

— Pauvre Assowaum!

— Oh! c'est un coup terrible.

— Qui a commis ce meurtre? s'écrièrent à la fois tous les fermiers.

Et Assowaum examina d'un œil scrutateur chacun d'eux à mesure qu'il prononçait ces paroles.

On eût dit qu'il avait perdu tout sentiment de son existence.

Brown s'avança alors vers Roberts et lui dit à voix basse, tout en désignant du doigt le cadavre étendu devant lui :

— Voici la seconde victime qui tombe sous les coups d'un meurtrier depuis une semaine. On m'accuse, je le sais, du premier de ces assassinats. Je suis revenu pour prouver que, loin d'être coupable, je veux que l'on sache bien que je suis innocent. Jamais ma main ne s'est souillée d'un crime. Seulement je suis certain que le vrai coupable est un des hommes du pays. J'avais, il y a peu de temps, l'intention de quitter cet État pour me rendre au Texas; je n'ai pas changé d'avis; mais je ne partirai pas avant que l'on ait découvert la main qui a frappé cette infortunée, avant que mon nom n'ait été disculpé de la souillure qui l'entache aux yeux de la société. Non-seulement j'ai changé de plan, mais encore mes opinions ne sont plus les mêmes. Vous savez, hommes de l'Arkansas, ou du moins la plupart d'entre vous en sont certains, ceux qui sont mes amis, que j'ai déjà en mainte circonstance désapprouvé les actes des Régulateurs. J'ai cru et je crois encore que la manière illégale avec laquelle ils prennent les armes les rend blâmables aux yeux des gens de bien. Dorénavant mon opinion n'est plus la même. Voici devant vous, à vos pieds, le cadavre d'une pauvre créature qui n'a jamais fait de mal à personne. Qui est celui d'entre vous qui n'a pas souvent apprécié sa modestie et son affabilité? Lequel de nous tous n'a pas admiré sa piété et ses principes religieux qui l'avaient même engagée à quitter le berceau de sa famille? Hélas! l'infortunée est morte. Nos lois n'ont pas eu le pouvoir de la protéger contre le crime. Nos lois ne peuvent pas atteindre et punir celui qui l'a commis. Regardez-moi, je lève la main et je jure de ne prendre aucun repos jusqu'à ce que le sang d'Alapaha et celui de l'infortuné Heathcott aient été vengés. Je ne cesserai pas de chercher à découvrir ce nid de serpents qui se trouve au milieu de vous. Hommes de l'Arkansas, voudrez-vous m'aider et prêter le secours de votre présence et de votre courage?

— Oui! oui! s'écrièrent à la fois tous ceux qui entouraient Brown, nous vous obéirons, avec l'espoir que le ciel nous sera favorable à notre dernière heure.

— Il s'agit avant tout de transporter ces restes infortunés jusqu'à la maison la plus proche. On préviendra demain le prédicateur méthodiste, qui doit être quelque part dans le pays, et alors nous ensevelirons Alapaha.

A peine ces paroles avaient été prononcées, que quelques-uns des assistants s'éloignèrent pour couper des bâtons de manière à fabriquer une civière. Assowaum, qui était demeuré tout ce temps-là immobile en présence du corps inanimé de sa femme, les yeux fixés sur son visage cadavérique, repoussa doucement ceux qui se trouvaient près de lui et fit un signe de la main, comme s'il désirait les prier de sortir de la hutte.

— Que voulez-vous, Assowaum ? lui demanda Brown.

— Être seul, répondit le guerrier en remettant dans sa gaîne le coutelas qu'il avait tenu dans sa main pendant toute la scène qui précède. Je veux demeurer seul avec Alapaha, et cela toute la nuit.

— Ne serait-il pas préférable que ?...

Le Peau-Rouge traduisit la réponse par un mouvement d'impatience, et nul parmi les assistants n'osa lui résister davantage. Chacun sortit sans prononcer une parole, et une fois hors de la cabine, après avoir délibéré en commun sur le parti qu'il y avait à prendre, tous songèrent au départ.

— Ne vaudrait-il pas mieux camper ici dehors? demanda Bahrens à ses amis, qui comme lui étaient parvenus à une certaine distance de la hutte, au milieu d'une clairière. Assowaum pourra procéder aux autres préparatifs de l'ensevelissement d'Alapaha, et demain nous serons tous transportés sans trop perdre de temps.

— Le plan me paraît bon, j'en conviens, répliqua Brown; mais Assowaum m'a appris, tandis que nous revenions ensemble, que mon oncle est malade et que la pauvre Indienne avait dû lui apporter de la venaison. Donc, comme l'infortunée a été assassinée, mon excellent parent doit être seul dans son habitation : il a besoin de mes soins. Je veux donc aller le retrouver au plus tard demain matin. Ne vaudrait-il pas mieux, en ce cas, retourner sur-le-champ chez Mullins? Nous nous assurerions, de la sorte, de l'endroit où se trouve Rowson, et nous pourrions alors savoir s'il peut procéder aux cérémonies de l'enterrement. En revenant ici le matin, nous apporterions quelque nourriture à Assowaum; puis, après, nous transporterions dans le canot les restes d'Alapaba jusqu'à sa cabane, qui touche à votre ferme. Je sais, à n'en pas douter, que l'Indien voudra enterrer sa squaw tout près de son wigwam.

— Permettez-moi de vous faire observer que, vu le débordement de la rivière, il serait dangereux de se mettre plus de quatre dans le canot, fit Wilson.

— Qu'à cela ne tienne, répliqua Brown; de chez Mullins à la maison de mon oncle, en traversant la forêt, il y a tout au plus six milles. Wilson et moi, nous conduirons Assowaum et Alapaba, tandis que vous, gentlemen, vous passerez à travers les bois, en emmenant le ministre méthodiste. De cette manière, nous arriverons tous à peu près en même temps à la maison de mon oncle.

— Eh bien! fit Bahrens, cette proposition me va. Mais avant de partir, ne devrions-nous pas faire en sorte de trouver quelques indices du meurtrier?

—Oh ! je crois que nos recherches seraient inutiles, observa Roberts ; la pluie, qui est tombée la nuit dernière jusqu'au matin, doit avoir tout effacé, et probablement nous perdrions notre temps. Croyez-moi, mes camarades, l'assassin doit être loin, bien loin d'ici, à l'heure qu'il est. Mais n'importe, quel qu'il soit, il n'évitera pas la punition qui lui est réservée. Ni les exhortations et les prières d'un ministre, ni les menaces du gouverneur de l'État ne nous empêcheront d'agir et de laisser tomber le glaive de notre justice. Les crimes dont notre pays est le théâtre nous ont poussé à bout.

— Attendez-moi un instant, ajouta Brown, je veux aller voir ce que fait le pauvre Assowaum.

— Oh! ne le troublons pas de toute la nuit, observa Roberts ; ces pauvres Indiens ont des usages tout particuliers, et d'ailleurs, m'est avis que cet infortuné n'aimerait pas, en ce moment, à voir devant lui un visage pâle, quelque ami qu'il fût avec lui.

Sur ce propos, tous les fermiers allumèrent leurs torches au foyer, remontèrent à cheval, et reprirent lentement le chemin de l'habitation du Mullins.

Le Peau-Rouge était demeuré dans la hutte solitaire, la tête inclinée sur le cadavre glacé de sa chère Alapaha. Les hommes blancs avaient détruit sa tribu, et l'un d'eux venait encore de porter une main criminelle contre une faible créature confiée à sa protection par la divine Providence, se disait Assowaum, causant seul avec sa douleur.

Les nombreuses étoiles brillaient au ciel, resplendissantes comme dans une nuit d'automne; la brise se jouait à la cime des arbres: la rivière écumait en frôlant les bords du rivage, près duquel s'élevait la hutte asile de la mort. On eût dit que les eaux agitées réclamaient ce cadavre chéri pour l'entraîner au loin avec elles.

L'Indien accroupi auprès de ces restes glacés, se tenait immobile sans songer à l'appel extérieur de la nature. Ses yeux dévoraient la forme sanglante et meurtrie de sa compagne aimée, que la mort n'avait pu rendre horrible. Le feu était presque éteint : à peine de temps à autre une lueur venait-elle éclairer ce douloureux spectacle, et l'éclair, en disparaissant, rendait plus terrible encore la désolation qui avait fait élection de domicile dans la hutte abandonnée.

Tout à coup, comme si un scorpion l'eût piqué au pied, l'enfant des forêts se leva d'un seul bond. Ses yeux jetaient feu et flamme. D'une main que la douleur faisait trembler, il ramassa, pour les jeter dans le feu, toutes les brindilles qui se trouvaient à sa portée; il souffla ensuite rapidement sur les charbons, et bientôt la flamme s'éleva brillante comme un feu d'artifice. Dès que cela fût fait, Assowaum se retourna dans la direction du cadavre et reprit son immobilité, en regardant ces formes élégantes que la vie avait abandonnées.

Hélas! il avait cru un instant à une illusion de la lumière. Il s'était imaginé voir remuer ses membres roidis par la mort; il avait vu s'entr'ouvrir ces lèvres rougies par le retour du sang. Il hésitait encore à croire que sa bien-aimée Alapaha, celle que son cœur chérissait plus que tout au monde, était là sans vie, étendue à ses pieds. Il s'accrochait à toute espérance quelle qu'elle fût, avec l'énergie d'un homme désespéré, car son cœur était navré par la douleur. Le pauvre mari ne tarda cependant pas à être certain de l'horrible vérité. Alapaha, la fleur des Prairies, était bien réellement privée de la vie. Le regard amoureux d'Assowaum ne trouvait plus devant lui qu'un cadavre privé de sentiment, et d'où la vie s'était échappée. Un profond soupir s'échappa de sa poitrine; la torche qu'il tenait en ses mains s'échappa et retomba au milieu du foyer.

Cette espérance momentanée n'avait pas moins réveillé l'Indien de la léthargie dans laquelle il était plongé. Il repoussa derrière ses oreilles les cheveux qui ombrageaient son front; il regarda ensuite autour de lui pendant quelques secondes comme s'il eût hésité à croire à la réalité; puis tous ses membres tremblèrent lorsqu'il jeta de nouveau les yeux sur le corps inanimé de l'être qu'il avait tant aimé sur la terre.

Au dehors de la hutte, les coyotes, qui, pendant la nuit précédente, n'avaient pas osé approcher de l'habitation, se rapprochaient de la hutte qui contenait la proie qu'ils pensaient destinée à assouvir leur faim. Et pourtant la senteur de toutes les fraîches empreintes laissées par les fermiers retenait leur audace; qui plus est, la présence d'un être vivant augmentait leur crainte. Aussi ces animaux se contentaient-ils de rôder autour de la cabane, en poussant des hurlements plaintifs répétés par les échos de la forêt. C'était là un chant funèbre qui eut glacé de terreur tout autre homme que celui qui pleurait près du corps d'Alapaha.

Assowaum, lui, ne paraissait même pas faire attention à ce concert discordant et terrifique. Il connaissait les loups de la forêt et ne craignait pas leurs morsures ; ce qui l'occupait avant tout c'était celle qu'il avait tant chérie et qu'il pleurait à cette heure.

Il raviva le feu, qui éclaira bientôt les murailles de la cabane, comme si le soleil y avait introduit un de ses rayons entre les parois désemparés, et il profita de cette lumière pour examiner tout autour de lui si rien ne lui donnerait quelque indice pour découvrir l'auteur de cet horrible forfait.

La cabane, construite depuis un certain nombre d'années, par un pionnier qui n'avait pas tardé à l'abandonner, n'avait été visitée, depuis cette époque, que par quelque chasseur solitaire, accouru en cet endroit pour y trouver un abri contre les intempéries de l'atmosphère. Aussi tombait-elle en ruine, car personne ne songeait à la relever.

A l'époque de sa construction, le pionnier disparu avait cultivé un petit espace de terrain tout
autour et y avait planté du blé indien; mais les
ronces avaient effacé tout vestige de culture, quoique la cabane se trouvât entourée de quelques
tiges de maïs qui prouvaient que la nature n'avait
pas entièrement repris tous ses droits sur la civilisation. Il y avait même dans l'intérieur de la cabane une touffe de blé, et c'était sur elle qu'était
étendu le cadavre.

Assowaum chercha inutilement les traces du
passage du meurtrier dans cette habitation solitaire. Le sol de la cabane avait été tellement foulé
aux pieds qu'il était impossible de retrouver une
empreinte plus précise que celles des autres chaussures, et cependant, près de l'ouverture devant
laquelle Alapaha avait, le jour précédent, préparé
la viande de cerf, Assowaum découvrit, au milieu
des cendres, dans un endroit où les fermiers ne
s'étaient pas avancés, la marque distinctive d'une
semelle.

Le Peau-Rouge examina cet indice avec une
scrupuleuse attention. Il lui était impossible de

9

retrouver la longueur du pied, car il n'y avait que
la pointe de la semelle qui fût visible, mais il lui
sembla que les bottes qui avaient laissé cette marque ressemblaient à celles que Brown portait
d'ordinaire. Après tout, se dit l'Indien, ces marques
pouvaient avoir été faites par le jeune homme qui
venait de sortir de l'habitation. Et pourtant il me-
sura l'empreinte et en marqua la dimension sur le
manche de son tomahawk.

Dès qu'il eut pris cette précaution, il demeura les
yeux fixés sur le feu, debout, perdu dans de sombres réflexions, immobile et le visage impassible.

La découverte qu'il venait de faire ne le satisfit
point encore. Il examina tous les coins, cherchant
quelque preuve de conviction abandonnée par le
meurtrier. Ce fut alors seulement qu'il retrouva le
tomahawk de sa femme. L'arme était couverte de
sang et avait été jetée là par quelque main cruelle ;
aussi avait-elle jusqu'alors échappé à l'investiga-
tion du Peau-Rouge.

Un sourire de triomphe et de joie sanguinaire
se produisit alors sur les lèvres du guerrier indien
lorsqu'il découvrit qu'il y avait des taches de sang

sur la partie tranchante de l'arme d'Alapaha. Sa
chère compagne était donc morte avec courage, et
l'ennemi qui l'avait tuée avait été blessé par elle.
Quelque satisfait qu'il fût de cette action héroïque
chez une faible créature, Assowaum n'en conçut
pas moins le plan de se venger d'une manière
très-prompte. Il s'empara du léger tomahawk, et
d'un regard rapide, il jeta les yeux tout autour de
lui, comme s'il eût dû rencontrer le meurtrier, et
qu'il eût été à la veille de le frapper de mort, en
poussant un cri de guerre.

Hélas! il n'était plus temps pour lui de rien faire
pour venger Alapaha. Où était-il à l'heure où il eut
fallu la protéger? Que faisait son bras puissant au
moment où le danger menaçait sa femme? Hélas!
hélas! il était bien loin, et pendant son absence
l'infortunée compagne de sa vie avait été frappée
pour toujours.

Assowaum grinça des dents comme s'il eût re-
gretté de ne pas pouvoir assouvir sa rage, tandis
que ses pensées traversaient son esprit. Il ne tarda
pas cependant à se contenir et à reprendre son
sang-froid ordinaire.

L'Indien désolé reprit alors le cours de ses investigations. Chaque coin, chaque crevasse furent examinés par lui avec un soin scrupuleux; puis, au dehors de la hutte, il chercha encore, au pied de chaque buisson, devant chaque tronc d'arbre. Tout fut inutile. La pluie torrentielle avait tout fait disparaître avec elle entre la hutte et la rive du courant d'eau. Cependant les branches d'un hêtre balancées par le vent attirèrent l'attention d'Assowaum. Les feuilles de l'arbre avaient été arrachées. Par malheur, l'inondation avait détruit tous les indices qui avaient pu être laissés au pied de l'arbre; aussi l'Indien retourna-t-il à la hutte sans avoir rien trouvé qui le mit réellement sur la voie.

Il songea alors à ensevelir sa bien-aimée Alapaha, et pour cela il étendit sa couverture sur le sol et y plaça le cadavre roidi par la mort. Il alla ensuite chercher de l'eau à la rivière pour laver le visage et les cheveux souillés de sang. Le Peau-Rouge roula ensuite un des coins de la couverture sous la tête d'Alapaha, afin qu'elle reposât doucement, comme si elle n'eût été qu'endormie; il voulut en-

suite placer ses mains mignonnes sur ce cœur qui
avait toujours fidèlement battu pour lui. La main
droite de la squaw était crispée, et il allait la laisser
ainsi, après avoir inutilement essayé de lui ouvrir
les doigts tordus par la mort, lorsqu'il découvrit
dans le creux de la paume de la main un objet tout
particulier. Assowaum renouvela ses efforts, et, un
instant après, il saisissait un bouton de corne
brune que la malheureuse avait dû arracher à son
bourreau pendant la lutte qu'elle avait soutenue
avec lui.

Malgré cette découverte importante à un certain
point de vue, Assowaum ne crut pas pouvoir arriver, de cette manière, à la découverte du meurtrier
d'Alapaha. Il branla la tête d'un air triste, et plaça
néanmoins le bouton au fond de la poche qu'il portait à son côté.

Cela fait, il revint se placer immobile aux pieds
de sa chère Alapaha, comme si elle eût été profondément endormie, et qu'il veillât près d'elle afin de
la préserver d'un danger.

Il demeura ainsi immobile pendant plusieurs
heures, et pendant ce temps-là le feu s'éteignit

après avoir à trois différentes reprises jeté quelques lueurs mourantes. Bientôt les ténèbres envahirent l'intérieur de la hutte.

Les loups s'étaient enfuis, et l'on n'entendait dans le silence de la nuit que le murmure des eaux clapotant contre les berges de la rivière. Les hiboux s'étaient envolés, et c'est à peine si leurs cris résonnaient à une certaine distance. La nature était silencieuse, et l'Indien demeura assoupi sur le cadavre de sa chère Alapaha, jusqu'au moment où la prise du matin secoua les perles de rosée appendues aux branches des arbres. L'horizon se teignit d'une vapeur lumineuse dans la direction de l'est; le jour allait bientôt paraître. Les oiseaux de proie, seuls, faisaient entendre leurs cris lugubres et s'enfuyaient au milieu des bois obscurs pour échapper à la clarté.

Tout à coup un bruit de voix se fit entendre à l'extérieur de la hutte, et Brown parut sur le seuil, suivi de Wilson. Le Peau-Rouge ne parut même pas avoir fait attention à l'arrivée de son ami; ses yeux demeurèrent fixés sur les restes de sa pauvre compagne, et il demeura ainsi jusqu'au moment où

Brown lui toucha l'épaule. Il tressaillit alors comme s'il se fût réveillé d'un songe pénible.

— Venez, Assowaum, venez, lui dit le jeune trappeur en lui tendant une main amie; soyez homme, ayez du courage, domptez la douleur qui dévore votre cœur, et mettons-nous à l'œuvre. Il faut, avant tout, enterrer votre femme, puis après nous songerons à la venger.

L'Indien avait écouté ces paroles sans paraître les comprendre; les derniers mots produisirent seuls de l'effet sur son esprit.

— La venger! s'écria-t-il en ouvrant les yeux. Oui! il faut la venger. Venez, mon frère; la vue de ce cadavre m'affaiblit. Allons, allons! je vous suis.

Et en disant ces paroles, le Peau-Rouge saisit d'une main ferme le petit tomahawk qui avait appartenu à sa femme, et le plaça à sa ceinture; puis, d'un pas ferme, il aida les deux blancs à transporter le cadavre d'Alapaha jusqu'au canot amarré le long du rivage.

Wilson offrit à cet infortuné un verre de whisky pour lui donner des forces; mais il refusa la liqueur, et alla se placer à l'arrière pour diriger le gouvernail.

La barque s'ébranla, les rames tombèrent en ca-
dence dans l'eau, et l'on s'avança ainsi dans la
direction de l'habitation de Harper, à dix milles en
aval de la rivière, à travers les flots écumeux de
l'onde en courroux qui caressait les parois du canot
funèbre, et semblait partager la rage de ceux qui
avaient juré de venger la mort d'Alapaha.

VII

La ferme de Harper s'élevait à environ cent pas
des rives de la Fourche-la-Fave, abritée sous un
vaste berceau de noyers hickories et de mûriers
d'une belle venue. Le sol, tout autour de la demeure
du pionnier, n'était soumis à la culture que depuis
peu de temps, car le nouvel agriculteur était ré-
cemment arrivé dans le pays. Des billes de bois et
des troncs d'arbres étaient dispersés çà et là, les
unes préparées pour être expédiées au loin, les
autres demeurant à l'état brut, et devant servir à
allumer les feux et à faire des barrières. La maison
elle-même paraissait être pourvue du tout le con-
fort possible, ce qui était assez rare chez les fermiers
du pays. On apercevait dans la muraille principale

une fenêtre avec son châssis et des vitres comme on en a dans les villes. Devant la maison, on avait creusé un puits, quoique la rivière ne fût pas éloignée, et l'on tirait de cette source une eau limpide d'une fraîcheur extraordinaire. Tout autour de l'habitation principale, des hangars de hauteurs différentes, destinés aux besoins de la ferme, s'élevaient bravement pour prouver à ceux qui passaient que les pionniers étaient de rudes travailleurs. Devant la porte se rassemblait en gloussant un troupeau de dindons entouré de nombreuses poules de diverses espèces, qui attendaient leur nourriture. Deux robustes chevaux, d'une race venant du Nord, piétinaient devant leur auge pour exprimer leur mécontentement de ne point y trouver leur ration de maïs.

Sur la pelouse verdoyante sise devant la ferme, les pionniers qui, la veille, s'étaient réunis chez Mullins, causaient ensemble, et Roberts en particulier s'étonnait de la solitude et du calme de cet endroit. Tout aussitôt il mit pied à terre, et soulevant le loquet de la porte, il pénétra dans l'intérieur et aperçut devant ses yeux un spectacle qui confirma ses soupçons.

Le pauvre Harper était là, étendu sur un grabat, ayant rejeté ses couvertures dans l'ardeur de la fièvre, et cet homme, d'ordinaire si gai et si bon compagnon, gisait accablé par le mal, incapable de se mouvoir. Celui qui ne comptait pas un ennemi, et se voyait choyé partout où il passait, accablé de cordiales poignées de main, se trouvait à cette heure seul, abandonné, n'ayant pas auprès de lui une âme charitable pour lui donner un verre d'eau ou une tasse de tisane.

Roberts et Bahrens, le cœur plein d'une émotion toute amicale, s'avancèrent vers la couchette du pauvre malade et lui prirent les mains. Harper était méconnaissable ; il divaguait follement, parlant de ses excursions de chasse, de ses promenades, de son frère, de son neveu qui avait tué son antagoniste, et qu'il voyait debout près de son lit, les mains couvertes de sang.

Au même moment, Rowson, qui avait repris son sang-froid ordinaire et affectait un calme stoïque, s'introduisit dans la salle basse et s'approcha du lit où se débattait le malade.

— Arrière ! arrière ! lavez vos mains desquelles

le sang coule ! cachez votre poignard, il pourrait
vous trahir ! Ah ! votre balle était habilement diri-
gée... quelle blessure elle a faite ! Il sera difficile
de la guérir, car elle a fait sauter la cervelle de
celui qu'elle a atteint...

Rowson devint pâle en entendant ces paroles ; il
tressaillit et fit un pas en arrière, tandis que Roberts, sans abandonner du regard les yeux du
malade, disait à mi-voix au méthodiste :

— Il songe à son neveu, et comme il le croit
coupable, il éprouve de fatales appréhensions à
son endroit.

— N'importe ! ce sont là d'étranges rêves, murmura Rowson, qui avait repris tout son empire sur
lui-même, et s'était rapproché du fermier alité.

— Harper, lui dit-il enfin d'une voix cafarde,
en plaçant son index glacé sur le front brûlant du
patient, revenez à vous : vos amis sont à vos côtés,
et...

Avant d'avoir fini la phrase qu'il articulait, Harper poussa un cri d'agonie en s'écriant:

— De l'eau ! de l'eau !.... Le misérable étend ses
serres pour me déchirer...... Ce n'est pas moi qui

l'ai assassiné!... Non, c'est un autre... un autre, vous dis-je!... Non... oui !... J'ai tout vu, j'étais présent quand cet horrible crime a été commis ! Emparez-vous de moi, car je suis coupable d'avoir frappé ce coup qui a donné la mort !

La voix du pauvre homme s'éteignit à cette dernière parole, et il retomba inanimé sur son oreiller...

— Décidément, Harper est très-malade, observa Bahrens. Restez près de lui, Rowson : je vais aller chercher un verre d'eau à la source pour apaiser sa soif. D'autre part, il me faut donner la provende à nos bêtes, car je n'aime pas à les voir ainsi errer de côté et d'autre, comme des âmes en peine, sans personne pour avoir soin d'elles.

Sans ajouter une parole, Bahrens vaqua à ses devoirs, et, avant que les autres camarades fussent arrivés avec les restes de l'infortunée Alapaha, il avait, avec le secours de Roberts, bassiné d'eau fraîche les tempes de son ami malade et refait son lit ; puis il avait offert à Harper un verre de tisane rafraîchissante, avait songé aux chevaux, balayé la maison et tout mis en ordre. Naturellement, la ferme de l'oncle de Brown prit bientôt un aspect plus confortable.

Tandis que le pionnier vaquait à ces dernières occupations, Rowson et Roberts s'étaient assis près du malade, se prêtant à ses caprices et veillant à ce que rien ne lui manquât. Bientôt, enfin, Harper s'endormit de fatigue bien plus que des suites de la fièvre.

Un quart d'heure après, le canot atterrissait : Brown et Wilson, suivis par Assowaum, transportèrent le cadavre d'Alapaha sur la rive et le déposèrent sur le tronc moussu d'un magnifique chêne.

— Où allons-nous creuser la fosse ? demanda Mullins à son ami Brown.

Le Peau-Rouge entendit la question et saisit la main de Brown, qu'il emmena jusqu'à un certain endroit distant de cent pas environ de la ferme, près de son wigwam, construit avec de larges morceaux d'écorces et recouvert de peaux brutes n'ayant subi aucune préparation. Là se trouvait un tumulus indien, pareil à ceux que l'on rencontre si souvent dans l'Arkansas.

— Que la Fleur des Prairies repose au milieu

des enfants Natchez ! fit Assowaum quand son pied
foula le tertre tumulaire. La haine et la discorde
animaient autrefois les cœurs des Lenni-Lennapes
contre leurs frères du Sud, et le Grand-Esprit les a
punis pour cela. Que leurs cendres soient aujour-
d'hui mêlées aux nôtres et reposent en paix !

Les deux pionniers se mirent à l'œuvre à l'endroit indiqué par l'Indien, et bientôt ils eurent
creusé une fosse suffisante pour recevoir les restes
d'Alapaha. Ils soulevèrent ensuite le cadavre pour
le placer dans une sorte de cercueil façonné de
planches brutes, qu'ils avaient préparé la veille et
transporté près de là ; mais Assowaum ne voulut
pas consentir à ce mode d'enterrement. Il alla chercher dans son wigwam une certaine quantité de
peaux non tannées, et les jeta sur le corps de sa
chère femme ; puis, avec l'aide de Brown, à qui
Bahrens avait conseillé de laisser son oncle dormir
à son aise, il plaça le corps inanimé d'Alapaha au
fond du cercueil où elle allait reposer à jamais.

Mullins était revenu, sur ces entrefaites, portant
un marteau et des clous, se disposant à fermer le
couvercle de la bière ; mais Assowaum s'interposa

de nouveau, et prenant son lasso de cuir, il lia le cercueil à son couvercle et le fit ensuite glisser ainsi dans la fosse.

Rowson, à son tour, s'avança sur le bord de la tombe. Le Peau-Rouge fit un mouvement comme s'il avait eu l'intention d'empêcher le méthodiste d'accomplir les cérémonies religieuses des funérailles ; mais, s'étant souvenu de la croyance chrétienne de sa pauvre Alapaha, il ne manifesta point son antipathie et se contenta de se cacher le visage dans ses mains, en s'agenouillant sur l'un des côtés de la fosse. Jusqu'alors le malheureux avait réprimé sa cruelle douleur et avait cru de sa dignité d'homme de ne point céder aux déchirements de son cœur : mais en ce moment, il abandonna tout respect humain ; sa poitrine se souleva en sanglots convulsifs, et des pleurs coulèrent le long de ses joues brûlantes. Dans cet instant solennel, il comprit que la créature dont il contemplait les traits pour la dernière fois était perdue pour lui, pour sa tribu, pour ses amis, pour son wigwam, et cela pour avoir voulu l'accompagner au milieu d'une race étrangère.

Le prédicateur méthodiste commença d'une voix nazillarde et contenue l'oraison funèbre de la femme qu'il avait lui-même si méchamment mise à mort, et, faisant l'éloge de ses vertus et de sa piété, il raconta comment elle s'était convertie à la croyance du vrai Dieu et l'avait pratiquée jusqu'à sa dernière heure. Il vanta ensuite son amour pour son époux, celui qui était son maître, et implora le ciel, vers lequel il osa lever des yeux suppliants, pour que la pauvre morte fût admise parmi les élus, demandant à Dieu pardon pour le coupable qui, peut-être, avait répandu le sang innocent dans un moment de colère.

A peine ce sermon était-il fini, qu'on vit l'Indien livré à une agitation extraordinaire. Relevant son visage caché dans ses mains, il lança un regard foudroyant au prédicateur. Celui-ci garda le silence et trembla de tous ses membres à l'aspect sinistre du guerrier. L'Indien se dressa fièrement, prit le tomahawk de sa femme de la main droite, et, désignant de la gauche le méthodiste, s'écria d'une voix tonnante :

—Alapaha est morte; son esprit s'est envolé vers

l'heureux séjour des hommes blancs; son cœur
s'était détourné du Grand-Esprit, dont la vengeance
a fini par l'atteindre. Comment donc l'homme pâle
peut-il prier son Dieu de faire miséricorde à cette
femme qui oublia tous ses devoirs, qui renonça à
la foi de sa tribu et adressa ses prières au Dieu des
blancs ?

Rowson fit un geste comme s'il eût voulu interrompre l'Indien, mais le regard terrible de celui-ci
l'intimida. Le Peau-Rouge continua donc dans ces
termes :

— Vous demandez l'oubli pour le meurtrier, pour
l'assassin qui a plongé sa main empoisonnée dans
le cœur de la Fleur des Prairies ! Quel est l'homme
qui, l'ayant connue, ne l'ait pas aimée ? Non, non,
vous dis-je, point de pardon ! Maudit soit le meurtrier ! Assowaum saura le trouver. Sa vie entière
n'aura plus qu'un but : la punition du coupable ;
et, quand il aura vengé la mort d'Alapaha, le Grand-
Esprit le recevra à bras ouverts et avec un regard
souriant.

Rowson, qui s'était contenu à grand'peine, leva
alors les mains et dit, après un long silence :

— Puisse au ciel de pardonner à l'infortunée à qui était réservée cette amère douleur, et qui l'a exhalée dans des paroles d'indignation et de haine !

Les assistants accueillirent ces paroles avec un religieux silence.

Assowaum, la main droite appuyée sur son casse-tête, ne détourna pas son regard sinistre de Rowson, et il le fixa jusqu'au moment où le cercueil eût été descendu dans l'étroite enceinte du tombeau. Alors seulement son effervescence se calma. Il tomba de nouveau à genoux, couvrant sa figure de ses mains, et avant qu'il se fût retiré, la cérémonie était terminée.

La plupart des fermiers retournèrent chez eux. Bahrens et Wilson restèrent avec Brown dans la petite habitation de leur ami pour le soigner et le consoler. Rowson se disposait à partir lorsque Brown s'approcha de lui, le remercia de la bienveillance qu'il avait mise, malgré son indisposition, à présider à l'enterrement de l'infortunée jeune femme. Il le pria même de rester ; mais Rowson lui représenta qu'il avait à préparer une foule de choses pour son mariage, dont le jour était arrêté :

puis il s'éloigna en ayant un sourire de bénédiction sur les lèvres, l'humilité et la piété peintes dans les regards, tandis que le jeune homme, absorbé par de sombres pensées, le suivait machinalement des yeux. C'était là l'homme qui lui avait ravi tout le bonheur qu'il pouvait se promettre ici-bas, l'être maudit qui se trouvait, comme un spectre fatal, sur le sentier de son existence, et dont la vue renouvelait à chaque instant ses amers souvenirs. C'était à lui que celle à laquelle il avait voué toutes ses affections était sur le point de donner sa main et son cœur ; c'était à lui qu'elle devait appartenir désormais jusqu'à ce que la mort vînt rompre les nœuds formés à la face du ciel et indissolubles pendant la vie terrestre.

— Adieu, s'écria-t-il, doux rêves de jeunesse ! Adieu ! brillantes lueurs d'un bonheur passé ! Adieu ! sublimes aspirations que je nourrissais avec tendresse ! Adieu ! être chéri dans la compagnie duquel je jouissais des délices du paradis ! Que le ciel verse sur votre tête ses bénédictions les plus abondantes ! Oubliez le malheureux qu'un mauvais génie a conduit sur vos pas pour troubler et détruire la paix qui était votre partage ! — Adieu !

— Adieu ! dit d'une voix étouffée Assowaum, qui s'était approché de lui et avait entendu ces dernières paroles ; adieu ! voilà un étrange adieu à une amie qui n'est plus.

— Qui n'est plus ? dit Brown avec effroi.

— Est-ce que vous ne parliez pas d'Alapaha ?

— Oui, oui, je parlais d'une personne qui n'est plus ; vous avez raison, dit Brown en cachant sa figure dans ses mains. Elle est morte !... bien morte à tout jamais.

— Morte ! s'écria Assowaum d'une voix sourde ; tuée ! Ah ! je saurai retrouver son assassin, moi ! L'oiseau esprit murmurera dans mes rêves son nom à mes oreilles. Je resterai accroupi sur sa tombe jusqu'à ce que j'entende retentir sa voix. Mon frère blanc me prêtera-t-il son assistance pour venger ma pauvre Alapaha ? Aidera-t-il son ami embarrassé dans cette conjoncture pénible avant de partir pour défendre, dans un pays étranger, la liberté de ses habitants ?

Brown tendit la main à Assowaum sans dire une parole. Il se rendit ensuite près du lit de son oncle

10.

malade, tandis que l'Indien, maîtrisant son chagrin, construisait une voûte de débris d'écorces sur le tombeau de sa squaw pour la préserver des injures du temps.

Pendant qu'il s'occupait de la sorte, le soleil descendait graduellement à l'horizon, et la nuit arriva bien avant qu'Assowaum eût fini sa tâche. Il essaya enfin de pratiquer, à l'aide de son tomahawk, une petite ouverture dans la partie supérieure du tombeau où reposait la tête de la défunte.

— Est-ce que vous allez défaire ce que vous avez fait? demanda Brown, qui était revenu près de lui après avoir laissé pour quelques instants son oncle malade aux soins de ses amis. Brown voulait décider l'Indien à prendre quelque nourriture; car il n'avait rien goûté depuis près de vingt-deux heures.

— Je ne défais rien, répliqua Assowaum; mais il faut que l'âme ait une issue pour sortir et revenir au corps comme bon lui semblera.

— Hélas! l'âme ne revient pas, mon cher ami, répondit le jeune homme avec un mouvement d'intérêt; elle s'est élevée en haut, dans le séjour habité par le Dieu du bonheur suprême, et elle ne redescendra plus sur la terre.

— Il y a deux âmes, répliqua l'Indien; oui, il y en a deux, répéta-t-il vivement en voyant que son ami blanc secouait la tête d'une manière négative. Est-ce que l'âme d'Assowaum ne retourne pas, dans ses rêves, aux lieux témoins des exploits de chasse de sa tribu? Ne se reporte-t-elle pas vers le wigwam à l'entrée duquel il jouait dans son enfance? Ne revoit-elle pas son père aidant son fils encore faible à bander son arc? Oui, il y a loin, très-loin d'ici aux contrées du Sud, et cependant Assowaum vit, il est étendu sur sa couche, il respire. Pourrait-il respirer, s'il n'avait qu'une âme, pendant que celle-ci serait absente et transportée dans le pays de sa tribu, et que lui-même demeure dans l'habitation des hommes blancs, sur le bord « des eaux mugissantes [1]? » Non, l'homme rouge a deux âmes.

Quand le soir vint, Assowaum prit les vivres que Brown avait placés devant lui et les porta près de l'ouverture qu'il avait pratiquée à la surface du tombeau de sa femme.

1. Telle est la traduction du mot *arkansas*.

Il alluma ensuite du feu et l'entretint soigneusement pendant que la nuit couvrait la terre de son voile sombre. Jusqu'au lever du soleil le pauvre Indien murmura d'une voix plaintive le chant funèbre de sa tribu.

VIII

Quinze jours s'écoulèrent après les événements décrits dans les pages précédentes, sans qu'il eût été possible de découvrir les coupables. L'oncle de Brown était presque rétabli, et l'heureuse diversion qui s'était opérée dans son état permit au jeune homme de consacrer une grande partie de son temps à renouveler les recherches qui jusqu'alors étaient restées infructueuses.

Depuis les funérailles d'Alapaha, Assowàum n'avait pu se décider à quitter la tombe de sa femme. Il disparut pourtant un matin, subitement, sans que

Brown lui-même sût quelle direction il avait prise en s'éloignant.

Malgré l'insuccès de tous les efforts qu'ils avaient faits, les colons ne perdirent pas courage; ils continuèrent leurs recherches et ne virent dans la nécessité de trouver le coupable qu'un motif de plus de s'unir et de se liguer pour la protection de leurs droits; car les autorités régulièrement constituées étaient impuissantes, et l'assassin restait impuni, du moins pour le moment, parce qu'il savait se rendre invisible et insaisissable. Convaincus de la nécessité d'une organisation régulière, la plupart des fermiers s'étaient joints aux bandes des Régulateurs, et un meeting, que tout indiquait devoir être très-nombreux, fut fixé au samedi suivant. Le but de la réunion était de se concerter sur les mesures à prendre pour s'affilier et attirer dans le parti les personnes suspectes du voisinage, contre lesquelles on ne pouvait élever aucune accusation de délit ou de crimes qualifiés. On se flattait qu'en réussissant à leur faire épouser franchement la bonne cause, on parviendrait également à les faire parler et à découvrir la trace des brigands. D'un autre côté, les nombreux vols de chevaux qui avaient eu lieu dernièrement avaient mis tous le pays en émoi, et l'on était généralement persuadé que ceux qui avaient commis ces dépradations au détriment de de leurs voisins devaient infailliblement être les auteurs du meurtre que nous venons de raconter.

Les rayons brûlants du soleil étincelaient sur la voûte verdoyante de la forêt ; le calme et l'immobilité régnaient sur toute la surface de la nature ; le vent n'osait pas souffler ni même respirer ; mais dans les broussailles les plus épaisses du bois, là où la Fourche-la-Fave envahit les plantations de cannes, régnait une animation qui contrastait avec le silence général : c'était une bruyante chasse aux bêtes fauves. Les chiens faisaient retentir les taillis de leurs aboiements sonores.

— Tayaut ! tayaut ! mes chiens ! cria Roberts en selle sur son cheval écumant, tout en s'élançant en avant par une large trouée sur le marécage.

L'animal, excité par le cri, fit un saut incroyable et se trouva enchevêtré dans un labyrinthe de vignes touffues. La meute s'avançait au galop en tête de la troupe des chasseurs comme une avant-garde ;

ceux-ci la suivaient un à un, aussi vite que possible, car les obstacles qu'ils rencontraient sur leur passage étaient nombreux, et ils ne cessaient d'animer les chiens de la voix, toutes les fois qu'ils les apercevaient.

— Bien là! bien mes beaux! s'écria Roberts, qui tenait sa carabine de la main gauche et son lourd couteau de chasse de la droite, afin de se frayer un chemin à travers les ronces et les lianes. De cette façon, il éloigna de son visage un énorme cyprès qui avait été abattu à quelques pas de là, et en même temps coupa une ronce qui l'empêchait d'avancer. En cherchant à écarter cet obstacle, il en rencontra un autre qui, pour ne pas paraître aussi formidable que le premier, était en réalité plus difficile : c'était une vigne dont le cep rampait sur le sol et, dont les ramifications échappaient à sa vue. Avant qu'il eût eu le temps de porter un second coup ou de retenir son coursier lancé dans l'espace, celui-ci broncha, et Roberts tomba le long du tronc par-dessus lequel il venait de sauter avec tant d'agilité.

— Tonnerre de tous les diables! s'écria-t-il après s'être péniblement arraché du lit de fange où il était

tombé, la tête la première. Poney! viens ici! viens!
Que le diable l'emporte! Je crois qu'il s'est échappé
pour aller chasser pour son propre compte.

Il ne croyait pas si bien dire. L'animal rusé, qui
avait été si souvent le compagnon de chasse de Roberts, prenait trop de plaisir à ce noble exercice
pour attendre l'arrivée de son maître et perdre inutilement ses moments les plus précieux. Une fois
débarrassé de son cavalier, le coursier suivit la
meute bruyante avec la rapidité d'une flèche, et au
bout de quelques secondes, il se trouvait hors de la
vue et de l'ouïe de son maître.

— Le voilà parti! Damnation! s'écria Roberts en
colère, après avoir prêté l'oreille un instant. Oh! me
voilà bien loti! il paraît que l'hallali de la chasse
aura lieu là-bas de l'autre côté des collines. Je ne
serais pas étonné que la panthère eût quitté son
gîte pour prendre un parti dans la direction de la
Petite-Jeanne. Elle se dirige sans doute vers les
bas-fonds pour se réfugier dans les roseaux de l'autre côté de la rivière. Voyons! je vais courir par là,
peut-être sera-ce moi qui lui porterai le coup fatal,
en dépit de mes vieilles jambes. Un moment de pa-

tience; je me suis déjà trouvé dans de plus grands embarras.

Tout en parlant ainsi, Roberts faisait allusion à la guerre de l'indépendance à laquelle il avait pris part; car il souriait de contentement pendant ce monologue. Il essuya en même temps son couteau couvert de boue et le remit dans le fourreau ; puis ensuite il s'avança dans la direction de la rivière.

Mais un nouvel obstacle l'attendait là, c'était la difficulté de traverser le courant pour le cavalier démonté. Il descendit, il monta, il redescendit encore le long de l'eau pour découvrir un endroit guéable ; ses recherches furent vaines. Enfin il aperçut un tronc d'arbre à moitié pourri qui semblait avoir été fouillé par un ours, car des morceaux d'écorce gisaient çà et là sur le sol. Les marques des griffes de l'animal, très-visibles, n'étaient pas antérieures à la dernière pluie. Cette découverte n'était cependant pas au fond d'une très-grande importance, car les chiens de chasse aboyaient à pleins poumons, et il n'était pas facile de les faire taire. En fait, il eût été impossible de les diriger sur une autre piste, lors même que Roberts l'eût voulu; mais il avait, ou croyait avoir de bonnes raisons pour ne rien faire de pareil.

Peu de jours auparant, une panthère avait attaqué un de ses poulains, et, la nuit suivante, un beau cheval entier était devenu la proie de ces animaux carnassiers. La bête féroce, s'élançant subitement de dessous un arbre sur sa victime, avait déchiré les artères du cou et donné la mort au généreux coursier.

Le vieux chasseur savait bien que la panthère essayerait d'atteindre son repaire, qu'elle avait, selon toute probabilité, quitté depuis peu; mais il n'ignorait pas non plus que, pour y arriver, elle ne chercherait pas à traverser la rivière à la nage, attendu que ces animaux éprouvent une répugnance invincible pour l'eau. Le problème à résoudre pour lui était donc de trouver le plus vite possible un moyen d'arriver sur le bord opposé. D'un autre côté le bruit de la meute résonnait plus distinctement à ses oreilles, d'où il concluait que les chiens approchaient de plus en plus, et que le lieu où il était pouvait, d'un moment à l'autre, être envahi par les autres chasseurs. Roberts parvint à précipiter le tronc d'arbre du haut de la rive escarpée et descendit ensuite vers la rivière, en se tenant aux roseaux et à tout ce qu'il pouvait saisir. Il plaça sa carabine sur cet étrange radeau, et il allait hasarder de passer, quand il entendit les aboiements des chiens à très-peu de distance de lui. Un instant après, toute la meute éclata en aboiements d'une telle violence, que Roberts fut amené à penser que la panthère, dans sa fuite, avait dû chercher un asile sous un arbre, et qu'elle avait ainsi échappé pour le moment aux poursuites de ses ennemis.

Il n'y avait pas un instant à perdre. En poussant le tronc dans la rivière, il avait atteint le milieu des eaux, quand il entendit le bruissement des broussailles de l'autre côté de la rivière. Les roseaux s'entr'ouvrirent, et au même moment une forme d'animal indécise apparut sur la levée du rivage, et se jeta avec la rapidité de l'éclair au milieu des flots, qui la recouvrirent comme un linceul.

C'était la panthère. Elle plongea si près de notre chasseur, qu'il fut éclaboussé des pieds à la tête.

Les remous causés par cette chute devinrent si forts qu'ils firent presque chavirer son étrange embarcation. Le terrible animal revint à la surface de l'eau, et, sans faire la moindre attention à l'ennemi qui le guettait, nagea résolûment vers la rive opposée.

Roberts avait recouvré sa présence d'esprit ; car il avait presque été déconcerté par la vue émouvante de l'animal, se montrant ainsi inopinément à ses yeux. Heureusement pour lui, sa carabine n'avait pas été mouillée ; il l'arma, et, couchant en joue la panthère, fit feu en un clin d'œil. Il s'en fallait de beaucoup que notre chasseur fût en position de viser, et pourtant il atteignit l'animal au moment où il reparut à fleur d'eau. La panthère bondit en l'air et retomba aussitôt dans le torrent. Roberts était sur le point de pousser un cri de triomphe, lorsque l'animal blessé se montra à la surface du courant et se lança furieux sur la rive escarpée. A ce moment critique, notre étrange navigateur perdit l'équilibre, tomba dans la rivière et disparut sous les eaux, avec sa carabine et sa poire à poudre. Au moment où il revint au niveau, les chiens, qui avaient hurlé de rage en perdant la trace de la panthère, parvinrent à l'endroit où l'animal s'était précipité dans l'eau; ils s'y jetèrent, et, apercevant l'agitation des eaux causée par la chute de Roberts, ils supposèrent que là se trouvait la proie qu'ils poursuivaient, et attaquèrent résolûment l'infortuné chasseur. La position de Roberts était des plus critiques; car si les chiens, qui faisaient des efforts désespérés pour atteindre leur ennemi supposé, l'eussent rejoint pendant qu'il se débattait au fond des eaux, il eût été déchiré en mille morceaux avant qu'ils eussent reconnu leur erreur. Aussi comprit-il à temps toute l'étendue du danger qui le menaçait, et il s'élança, en tenant d'une main ferme sa lourde carabine. A peine avait-il trouvé pied, que les chiens l'enveloppèrent, et Popy, qui ne reconnut pas son maître, se jeta sur lui. Roberts se mit vivement en garde, repoussa les plus avancés des assaillants avec la crosse de sa carabine.

— Arrière, limiers, mauvais chiens! Eh quoi! vous sautez sur votre maître! A bas, Popy! à bas!

Pendant que Roberts prononçait ces mots, Popy l'avait reconnu, et il vint à lui en remuant la queue en signe d'allégresse. Roberts, toujours fort peu rassuré, recula de quelques pas, tomba dans un trou profond, où il disparut de nouveau dans l'eau, juste au moment où Bahrens arrivait sur la rivière. Celui-ci, croyant avoir affaire à la panthère, mit en joue et allait faire feu. Mais en ce moment les chiens protégèrent le chasseur contre la balle de son ami.

Bahrens qui, pour rien au monde, n'aurait voulu tuer les chiens, attendit un moment. Cela suffit pour qu'à son grand étonnement il pût reconnaître son ami, qui, ne sachant pas quel nouveau danger le menaçait, avait réussi à prendre pied, et crachait l'eau qu'il avait avalée.

Tandis que cela se passait, la meute flairait le sang qui avait coulé de la blessure de la panthère, et se lançait avec fureur à la poursuite de l'animal qu'elle retrouva dans le fond de la vallée.

— Hallo, Roberts ! s'écria Bahrens de la rive opposée. Que diable faites-vous là dans la Fourche-la-Fave ?

— Je ne sais vraiment; je crois que j'y cherche
des écrevisses, répondit celui-ci en cherchant à
sortir de l'eau et à gravir le bord escarpé.

Deux fois Roberts échoua dans ses efforts et glissa
en arrière dans le torrent; mais enfin il réussit à
gagner le haut de la berge. Son ami ne put réprimer son hilarité à la vue de la figure piteuse que
faisait Roberts; mais cependant il n'eut garde de
l'abandonner dans la position critique où il se trouvait. Tout à coup Roberts saisit d'une main ferme
un arbrisseau qui se trouvait à sa portée, prit son
élan et disparut au milieu des buissons, sans accorder même un coup-d'œil à son ami.

Bahrens retourna sur ses pas pour voir ce qu'é-
tait devenu son cheval; car, lorsqu'il avait vu les
chiens patauger dans l'eau, il avait mis pied à terre
et ce n'était qu'à pied qu'il pouvait espérer se
frayer un passage à travers les nombreux obstacles
qui se dressaient devant lui. Il retrouva facilement
son coursier, se remit en selle et le lança au galop
pour se rendre à un gué situé un peu en amont.
Malgré la diligence qu'il mit à franchir la distance,
il arriva trop tard; car, tandis qu'il essayait de se

frayer un passage à travers les roseaux, il entendit le bruit d'une détonation, et, peu après, les aboiements des chiens qui, à ne pas en douter, s'élançaient autour d'un arbre.

Malgré cela, la panthère était encore cachée au milieu des branches, quand il mit le pied dans la petite clairière où les chasseurs s'étaient réunis. Les griffes clouées sur le tronc de l'arbre, l'animal se cramponait de toutes ses forces à sa dernière planche de salut. Les convulsions qui agitaient tout son corps prouvaient la gravité de la blessure qu'il avait reçue. Bientôt ses griffes se desserrèrent, et il tomba au milieu de la meute exaspérée, et se jeta sur un jeune chien auquel il ouvrit la carotide.

Au premier abord, les chasseurs, malgré tous leurs efforts, ne purent réussir à arracher aux chiens le cadavre pantelant de la bête. Les limiers s'y acharnaient et la lacéraient avec une volupté sauvage. On finit cependant par leur faire lâcher prise, et Cook, à qui appartenait le chien blessé, voyant que l'animal ne pourrait pas survivre à sa blessure, mit un terme à ses souffrances en lui tirant un coup de fusil.

11

— Voilà le septième chien que je vois tuer de cette manière, fit Bahrens d'une voix colère, en posant son arme sur le sol. On ne peut pas retenir ces stupides chiens quand ils ont devant eux une proie de cette importance. Avant qu'ils aient le temps de se reconnaître, le monstre a sauté au milieu d'eux, et il les jette à gauche et à droite comme les blocs d'un jeu de quilles.

— Un ours que j'ai occis l'année dernière, fit Roberts, qui grelottait de froid des pieds à la tête, en a tué deux exactement de la même manière, et, qui plus est, il brisa la jambe à un troisième. Je fus obligé de donner son reste au pauvre animal.

— Hallo! Roberts, fit Bahrens en riant, vous avez vraiment fort bonne mine. Ce que nous avons de mieux à faire, c'est d'allumer un feu. Bonjour, Cook, d'où venez-vous, mon vieux? Il y a au moins quinze jours que je ne vous ai vu, depuis notre expédition malencontreuse pour rattraper les chevaux volés, expédition qui n'a abouti à rien. Est-ce vous qui avez tué la panthère!

— Oui, répondit Cook en rechargeant son arme. J'étais chez les Harper, et, en entendant les chiens si près de la maison, je n'ai pas pu résister à la tentation de venir me joindre à la chasse.

— Nous ne sommes donc pas loin de la maison de Harper? demanda Roberts. Ah! je crois me reconnaître dans ce pays. Sa demeure est là-haut derrière ces cyprès.

— Oui, à peine à cinq cents pas d'ici, répondit Cook. Nous ne ferions pas mal de nous y rendre tous ensemble : Roberts pourra sécher ses habits, et nous écorcherons la panthère à notre aise.

— Je voudrais, avant tout, savoir ce qu'est devenu mon cheval, fit Roberts avec une certaine anxiété. Peut-être sa bride s'est-elle accrochée à quelque haie; j'y avais fait un nœud, et, conséquemment, elle ne descend pas bien bas.

— Ne vous inquiétez pas au sujet de votre bête, répliqua Bahrens. Voici Mullins qui vient en conduisant votre cheval par le licol.

— Où l'avez-vous donc trouvé?

— A l'endroit même où la panthère a traversé la rivière. Il était là immobile, comme s'il examinait à loisir l'endroit où il était.

— Il est probable que la berge lui a paru trop

haute, dit Mullins, qui s'approchait du groupe en
ramenant le déserteur. Hallo! voilà une belle panthère! Je ne m'étonne pas qu'elle ait tué ce cheval.

C'était, en effet, une bête énorme, et elle leur
avait donné beaucoup de mal avant de se laisser
tuer. Si elle n'eût pas été atteinte par la balle de
Roberts, il est probable qu'elle n'eût pas été prise
aisément. Les chasseurs essayèrent alors de placer
le cadavre sur le cheval de Cook, et le coursier,
malgré les assurances répétées de son maître, qui
prétendait que sa monture était un modèle de douceur, se montra très-rétif. Si, comme Bahrens l'affirmait, il s'était déjà prêté à porter deux ours sur
son dos, par contre, il ne voulut pas permettre
qu'on approchât de lui le cadavre de la panthère.
En vain frotta-t-on sa bouche avec le sang de la
bête : cette odeur ne semblait pas lui être répu-
gnante le plus; mais il ruait toujours, et l'on fut à
la fin forcé d'écorcher la panthère sur place et de
n'emporter que la peau. Après quelques difficultés,
cette dépouille fut placée sur le dos d'un autre
cheval. Celui-ci avait compris la nature du fardeau
qu'il portait, car il secouait sans cesse la tête, tres-

saillait et faisait des sauts, s'arrêtait, et se secouait fréquemment, comme pour se débarrasser de ce désagréable trophée de chasse.

Quelques instants après, les chasseurs arrivaient devant la maison de Harper, et, attachant leurs chevaux aux arbres placés devant l'habitation, pénétraient dans l'intérieur.

IX

L'HABITATION DE HARPER — RÉCIT DE L'AVENTURE
SURVENUE A COOK EN POURSUIVANT LES VOLEURS
DE CHEVAUX — HISTOIRE MERVEILLEUSE DE
HARPER ET DE BAHRENS

L'intérieur de l'habitation n'était point ni aussi
gai, ni aussi propre qu'à l'époque où Harper jouis-
sait de toute sa santé et de toutes ses forces, alors
qu'il présidait lui-même à l'économie du petit ménage de garçon, n'ayant pour tout aide qu'Alapaha,
et cela seulement de temps en temps. Pendant les
derniers jours qui venaient de se passer, son malaise avait, à la vérité, beaucoup diminué; mais la
faiblesse qui suit toujours la fièvre se manifestait
dans tous ses mouvements. Son visage jovial, rubi-
cond, brillant de santé, avait lui-même pris une

teinte cendrée, et les os de ses joues étaient deve-
nus si saillants qu'on éprouvait un sentiment pénible rien qu'à le regarder. Il va sans dire que ses
voisins ne l'abandonnèrent pas dans le malheur.
Tout le monde l'aimait, et chacun de ses amis veil-
lait à tour de rôle à son chevet aussi longtemps que
sa position le demandait.

Quand Harper devint mieux portant, plusieurs de
ses camarades restèrent des journées entières avec
lui pour lui faire passer plus agréablement le
temps. Bahrens, en particulier, l'avait pris en
grande affection, et il était devenu l'hôte assidu et,
par conséquent, toujours le bienvenu de la modeste
maison de Harper.

Quand les amis du bonhomme entrèrent dans sa
maison, ils le trouvèrent dans son lit. Ses joues,
jadis si rubicondes, étaient alors pâles et amai-
gries; sa vivacité l'avait abandonné, et les effets de
la fièvre, qui étaient manifestés, causaient une impression pénible à ceux qui l'examinaient. Les
yeux du malade se rouvrirent à la vue de ses visiteurs, et rayonnèrent de bonheur quand il salua
leur arrivée. Il étendait vers eux sa main amaigrie,

les voyant entrer, et se montra surtout affable et
expansif avec Roberts et Bahrens.

— Soyez tous les bienvenus! Bonjour, Roberts,
vous êtes vraiment un charmant garçon. Vous
chassez et vous avez voulu me rendre visite, merci!
Mais, grand Dieu! qu'est-ce à dire?... On jurerait
que vous sortez de l'eau. Bill, donne à Roberts des
vêtements pour se changer; car cette humidité sur
lui pourrait lui être fatale.

— Merci, merci! répondit Roberts quand le jeune
homme lui apporta un habillement complet de drap
épais, et s'apprêta à l'aider à changer de vêtement.
Merci! Dites-moi, Brown, j'ai un os à ronger avec
vous; ma femme vous en veut terriblement de ce
que vous ne venez pas nous voir : vous ne nous
avez pas fait l'honneur de nous visiter depuis le
jour de la chasse où vous avez tué la panthère. Vous
vous rappelez bien cela? Marion était avec vous. Il
faut que vous ayez frappé l'animal à l'endroit sensible; car on m'a dit que le fils aîné de Cook l'avait
trouvé deux jours après, ou tout au moins le sque-
lette et un morceau de peau : car les buses avaient
dévoré...

Brown aurait laissé Bahrens continuer son histoire sans l'interrompre; mais Cook prit son camarade par le bras et l'empêcha de continuer.

— Hallo! assez causer, s'écria-t-il, voulez-vous donc mourir, Brown? Venez, asseyez-vous près du feu; et vous, Harper, vous feriez mieux de vous étendre dans votre lit, car nous avons eu beau boucher toutes les fentes et toutes les crevasses de votre logis, le vent y pénètre de tous les côtés, et vous pourriez de nouveau prendre froid.

— Avez-vous une cuvette à me prêter? demanda Roberts. Pour pouvoir me tirer de la rivière, il m'a fallu gravir sur la rive escarpée à l'aide de mes mains, et...

— Cook, ayez l'obligeance de lui donner ce seau en fer, celui qui n'a pas d'anse, entendez-vous? fit Harper.

— Oui, oui, répliqua le jeune fermier, en descendant l'ustensile demandé et le remplissant au réservoir d'eau pluviale contenue dans un baquet placé près de la porte. Je connais parfaitement les êtres de la maison, et peut-être mieux que vous; il ne faut pas beaucoup de temps pour être initié aux détails de votre ménage.

— Avez-vous une serviette? demanda Roberts, en tenant ses mains mouillées en l'air.

— Bah! vous avez sans doute sur vous un mouchoir? observa Cook.

— Certainement; mais toutes mes nippes sont mouillées, et je ne peux pas m'en servir.

— Dans ce cas, prenez ceci, fit Cook, en lui présentant un essuie-mains.

— Bien! Maintenant, vous allez me faire le récit de votre chasse, fit Harper; voilà une magnifique peau de panthère : faites-moi le plaisir de l'étaler sur la grande porte d'entrée, Cook. Suspendez-la au petit érable à droite, mais bien haut; les maudits chiens ont trouvé moyen de sauter jusque-là, et d'atteindre la peau du dernier cerf que j'ai tué, et ils l'ont mangée, les coquins!

Roberts dut raconter ses aventures d'un bout à l'autre, tandis que Cook suspendait la peau de la panthère à un arbre, en ayant soin de choisir un lieu sûr. Toute la compagnie écoutait le récit de Roberts, ne fût-ce que pour l'empêcher de s'écarter de son sujet, et de voyager dans le pays de la fantaisie.

— Maintenant, Roberts, reprit Cook, quand l'histoire fut finie, dites-moi comment vous vous y preniez quand vous faisiez la cour à la demoiselle qui est maintenant votre femme; je ne comprends pas qu'elle n'ait souvent montré son impatience à vous écouter.

— Voilà une question assez bizarre dans votre bouche, Cook! répondit Roberts. Comment! voici la première fois que je vous vois depuis cette fameuse expédition que vous avez faite en suivant de fausses traces de voleurs de chevaux, et vous m'adressez une question aussi biscornue. Que voulez-vous savoir, hé?

— Tout, parbleu! Il ne nous a pas raconté les particularités de cette affaire, fit Harper, et cependant l'occasion ne lui a pas manqué. Je l'ai vu ici tous les jours durant plusieurs heures de suite.

— Bah! vous étiez malade, répondit Cook. Pourquoi vous aurais-je ennuyé en vous narrant une histoire aussi ennuyeuse. Bon! puisque vous le désirez, je vais vous raconter tout ce que je sais; la chose est on ne peut plus simple. Nous avions remarqué que les traces traversaient la rivière; nous les suivîmes donc en pensant naturellement que c'était là la bonne voie, car nous n'avions pas aperçu d'autres traces. Tandis que nous chevauchions le long de la rivière en aval, Harfield affirma que c'était indubitablement les traces de ses chevaux; et pourtant il comprit bientôt comme nous qu'il s'était trompé. Après avoir atteint la rive opposée, nous nous gardâmes bien de continuer nos recherches; nous éteignîmes nos torches, et nous nous mîmes, sans perdre un moment, à exciter de l'éperon nos chevaux déjà harassés pour suivre les traces que nous avions reconnues. Nous ne nous arrêtâmes qu'une fois pendant la nuit pour laisser manger nos chevaux et prendre nous-mêmes quelques rafraîchissements. Nous apprîmes chez le fermier qui nous donna l'hospitalité qu'un homme avait passé par là avec des chevaux, et semblait être fort pressé. Le pionnier qui nous donna ces détails avait seulement entendu le bruit des sabots, et ne put rien nous dire ni sur la couleur, ni sur d'autres marques qui pouvaient nous les faire reconnaître. Il nous assura pourtant que nous rattraperions l'homme en question si nous faisions diligence, car

il était à peine parti une demi-heure avant notre
arrivée. « Mes pauvres chevaux ! s'écria Harfield ;
le brigand va les rendre fourbus ! Quelle bonne
volée il va recevoir quand je vais le saisir au collet !
Un tel méfait mérite la corde ! (Harfield portait toujours une corde dans ses voyages). Il se balancera
bientôt avec orgueil à la branche d'un chêne, en
plein air, je le jure ! » ajouta-t-il sur le même ton,
s'indignant de plus en plus à mesure que nous approchions du but de nos recherches. A l'aube du
jour, nous montions tranquillement, et sans nous
douter de rien, une petite colline, lorsque nous
aperçûmes tout à coup un homme avec des chevaux, tranquillement assis sous un arbre. Quand il
vit que nous approchions, il ne fit pas le moindre
mouvement pour s'éloigner. Harfield était stupé-
fait ; il regardait les chevaux avec des yeux ha-
gards. A la fin, pourtant, il éclata : « Cruelle dé-
ception, s'écria-t-il, ce ne sont pas mes chevaux ! »
Il disait vrai : nous aperçûmes, en effet, deux chevaux blancs qu'aucun de nous ne connaissait, et un
autre animal qui servait de monture au conducteur.
Nous découvrimes dans ce personnage le fameux

Johnson, qui avait vécu quelque temps aux environs de Fourche-la-Fave, et qui gagne sa vie en chassant. Harfield était d'autant plus furieux, comme il me l'a dit plus tard, qu'il nourrissait contre ce coquin une haine qui datait de loin. Néanmoins, il n'y avait rien à faire. Nous nous approchâmes des chevaux ; mais Johnson répondit assez grossièrement aux questions que nous lui adressâmes. L'un de nous lui demanda ce qu'il voulait faire de ces animaux ; il répondit sèchement qu'il était bien libre de faire de sa propriété ce que bon lui plairait. Harfield grinça des dents de fureur. J'avais beau faire tous mes efforts pour le modérer, rien n'y faisait. Peu de temps auparavant, il avait cherché querelle à Johnson, qui avait gardé son sang-froid, tout en tenant sa main droite sous sa veste, où étaient cachés son couteau et ses pistolets. Harfield jura par tout ce qu'il y a de plus sacré qu'il lui appliquerait la loi du Lynch si jamais il le trouvait sur son terrain ; mais Johnson accueillit cette déclaration avec des rires, en l'assurant qu'il aurait bientôt le plaisir de lui faire une visite. Je réussis pourtant à les séparer. Il était trop tard

pour continuer les recherches dans une autre direction, car la pluie qui était tombée pendant la nuit
avait infailliblement effacé toutes les traces. Il nous
fallut donc renoncer à aller plus loin. Harfield étant
convaincu que les chevaux étaient encore dans les
environs, nous fîmes des perquisitions dans tous
les repaires et les enfoncements des terrains bas.
Tout cela fut inutile : les chevaux avaient disparu.
Comment avaient-ils pu échapper à nos investigations? c'est là une énigme que nous n'avons pu résoudre.

— Et le lieu où ils ont été transportés vous est-il
aussi inconnu? fit Bahrens.

— Ma foi! cela se peut aussi. Je crois bien qu'ils
sont partis pour le Texas. Il faudra que je me rende
un beau jour dans ce pays, afin d'apprendre à connaître le peuple qui l'habite. C'est à peine si j'y
rencontrerais quelque vieille connaissance de mon
pays, tandis que je pourrais fort bien trouver un
ou deux chevaux que j'aurais connus auparavant.
Cette aventure est arrivée le même jour où la
pauvre femme peau-rouge Alapaha a été tuée,
n'est-ce pas ? N'avez-vous pas entendu parler de ce

meurtre? demanda Roberts. Vous avez dû passer tout près de l'endroit où s'est commis cet assassinat.

— Il me souvient maintenant que l'un de nous a entendu un cri, juste au moment où nous sommes arrivés près du gué. Cela était indubitablement le cri de la pauvre Alapaha; la cabane n'est pas éloignée du chemin, Brown, savez-ce ce qu'est devenu l'Indien Assowaum?

— Non, je l'ignore, répondit-il; quatre jours après les funérailles de sa femme, pendant lesquels il n'a pas cessé d'entretenir nn petit feu sur sa tombe, en ayant soin d'y laisser aussi de la nourriture, il disparut subitement. Du reste, je l'attends chaque jour, car je sais qu'il ne quittera l'Arkansas qu'après avoir assouvi sa vengeance; mais je crains bien qu'il n'y parvienne pas.

— Mais où diable Assowaum a-t-il pu se cacher?

— Oh! il saura bien se protéger lui-même; vous n'avez pas besoin d'avoir la moindre appréhension à son endroit, fit Bahrens; il erre sans doute de côté et d'autre et fait des recherches à sa manière. Qui peut dire l'époque à laquelle il reviendra parmi nous? Je gage bien qu'il fera tout seul quelque découverte. Vous autres, Régulateurs, vous ne trouveriez nulle part un meilleur aide qu'Assowaum pour trouver une piste et ne pas être déçus.

— Est-il vrai, Brown, que les Régulateurs vous ont élu leur chef à la place de Heathcott ? demanda Roberts.

— Harfield et moi, nous avons été nommés chefs l'un et l'autre, répondit le jeune homme. Harfield commande à la Petite-Jeanne, et moi à la Fourche-la-Fave. Quant à ce qui me concerne, je résignerai mes fonctions du moment où j'aurai accompli la teneur de mon serment. Tout ce que je demande, c'est de faire condamner judiciairement les meurtriers du jeune Heathcott et de la femme indienne ; après cela, je serai satisfait. A propos, on m'a dit que Rowson prêche contre les Régulateurs, et qu'il les accuse d'être une association non-seulement illégale, mais encore antichrétienne.

— Rowson est parti depuis huit jours, dit Roberts, et, si ce qu'on m'assure, est vrai, il s'est dirigé vers le Mississipi et s'est rendu à Memphis, à ce que je suppose, pour faire différentes acquisitions. Il sera de retour cette semaine, je le sais. Il a vraiment une chance de bossu d'avoir trouvé une si belle occasion : la propriété d'Atkins, qu'il veut acheter est certainement une excellente affaire, bien que le terrain soit un peu marécageux.

— Atkins a-t-il donc réellement l'intention de vendre ? Voilà la première nouvelle que j'en sais. A-t-il trouvé un amateur ?

— Mais oui ; c'est Rowson qui parait avoir des vues sur ce fonds de terre, répliqua Roberts. Quant à moi, je ne m'y oppose pas : Marion sera tout près de nous, et si un dimanche, quand la nouvelle chapelle sera bâtie sur le chemin qui conduit à Left-Hand-Fork, où les arbres sont coupés depuis Noël ; si, dis-je...

— Eh bien ! messieurs, asseyez-vous autour de la table, et contentez-vous de ce que j'ai de mieux à vous offrir, fit Brown en interrompant Roberts.

— Que penseriez-vous si je vous faisais manger une grillade de panthère? observa Roberts en riant.

— Oh! merci! cela ne me tente pas, reprit Bahrens ; j'ai goûté une fois à cette viande, et je m'en suis trouvé on ne peut plus mal.

— Et où avez-vous fait cet excellent repas ? demanda Harper, qui portait une tasse de thé à ses lèvres et qui s'arrêta tout étonné en entendant une assertion aussi incroyable.

— En quel endroit ? demandez-vous. Parbleu ! dans les bois. Où une pareille nourriture peut-elle être avalée, si ce n'est au milieu d'une forêt ? répondit Bahrens. Nous étions à la chasse dans la Washita, et nous avions couru toute la journée sans rien voir ; nous nous en retournions à une heure très-avancée de la soirée sans avoir eu la moindre chance.

— C'est probablement dans cette occasion que vous vous êtes fait une entorse, observa Roberts en jetant à la dérobée un coup d'œil à Harper.

— Oh ! allez-vous-en au diable ! répondit le narrateur d'un ton colère. Quand j'arrivai au campement connu, mes amis étaient tous d'une gaieté folle. Ils avaient allumé un grand feu, et, sur un buisson qui se trouvait là, ils avaient suspendu une peau qu'ils me disaient être celle d'un jeune cerf, seulement on avait coupé les pieds, la tête, le dos et une des quatre pattes. Quand je demandai à ces

messieurs ce qu'étaient devenues ces différentes
parties, ils me répondirent qu'ils avaient mangé
les jambes et jeté le reste aux chiens. Je me mis
donc à découper un gros morceau de la bête; je le
fis cuire et le mangeai en entier. Pouvais-je me
douter du tour que voulaient me jouer ces brigands-
là, qui m'avaient affirmé avoir apaisé leur faim en
soupant de la même chair? Au beau milieu de mon
repas arriva mon chien qui, aussi affamé que moi,
avait reniflé partout. Il apporta dans sa gueule un
objet qu'il plaça tout près de moi, comme s'il eût
voulu me dire : Voyez ce que vos camarades
ont tué. Eh bien! mes amis, que pensez-vous
que fût cet objet? Tout simplement la tête
d'une jeune panthère. Le morceau que j'avalais
s'arrêta à mon gosier; je regardai autour de moi
consterné, et je vis mes gredins de camarades qui
se livraient à toutes sortes de contorsions de bouche
pour ne pas éclater de rire. Enfin, ne pouvant plus
se contenir, il firent une explosion générale dont
nul ne peut se faire une idée s'il ne l'a entendue.
J'étais profondément vexé, et je résolus de leur faire
croire que la chair de panthère était pour moi un

mets choisi. J'avalai le morceau qui était resté au
fond de mon gosier et je coupai ensuite un autre
morceau en leur demandant, de l'air le plus naïf,
pourquoi ils n'avaient pas commencé par me dire que
la viande que je mangeais était de la panthère ; car
ajoutais-je, si j'avais été prévenu, je l'aurais mangée avec deux fois plus d'appétit. J'assurai mes amis
qu'à une certaine époque, dans le Tennesse, je
n'avais vécu pendant tout un mois qu'avec de cette
viande, ne changeant de nourriture que le dimanche où, pour varier mon plaisir, je mangeais du
chat sauvage. Mes amis ne purent réprimer leur
étonnement en m'entendant débiter cette gascon-
nade, et l'un d'eux, jeune homme de dix-sept ans
tout au plus, qui était assis en face de moi, se mit à
faire les grimaces les plus effrayantes. Cependant,
malgré tous mes efforts à surmonter ma répugnance,
je ne réussis point à avaler le morceau que j'avais
toujours dans la bouche ; plus je m'efforçais de l'en-
gloutir dans mon estomac, plus il remontait. Je tins
bon néanmoins pendant quelques instants ; mais, à
la fin, ne pouvant plus y tenir, je battis précipitam-
ment en retraite.

12.

— Brown, ce dindon sauvage est excellent; en avez-vous tué plus d'un ce printemps?

— Oh! quelques-uns, répliqua le jeune homme qui riait encore de l'anecdote qu'on venait de raconter. Cette année les glouglous sont plus gros que d'ordinaire.

— Avez-vous jamais mangé du serpent à sonnettes? demanda Mullins.

— Non pas, certes! que je sache, fit Harper à qui le thé avait rendu quelque force, et qui se sentait bien mieux que cela ne lui était arrivé depuis longtemps.

— On ne mange pas le corps, observa Mullins, mais seulement la queue qui est un mets fort délicat.

— On n'a donc pas à craindre l'effet du poison? demanda Bahrens étonné.

— Oh! il n'y a aucun danger; il faut seulement avaler sans mâcher, dit Brown : cela ressemble à une morille. D'ailleurs, la chair elle-même ne renferme pas le moindre poison, il n'y a que le fumet qui soit un peu désagréable, et cela n'est pas du tout malsain. Je connais quelqu'un qui a mangé un gros morceau de serpent à cornes, sans qu'il en ait ressenti le moindre malaise.

— Mais le serpent à cornes est fort venimeux, observa Harper ; j'en ai vu un, certain jour qui se chauffait au soleil sur le tronc d'un grand chêne. J'allais l'abattre d'un coup de fusil, quand il se retourna, et empoigna dans sa fureur une de ces jeunes branches qui poussent au printemps. Il demeura ainsi immobile pendant une minute, et je profitai de la circonstance pour lui casser la tête. L'arbre creva au bout d'un mois : la petite branche qu'il avait mordue devint toute noire, et les broussailles elles-mêmes qui croissaient dans le voisinage, se flétrirent.

— Oh ! ce fait ne prouve rien ; j'ai mieux que cela à vous raconter, fit Bahrens en se retournant vers Harper. Vous savez où se trouve le comté de Poinsett, qui fourmille de serpents venimeux? On n'en trouve certes pas davantage dans les marais du Mississipi. Au nombre de ces reptiles dangereux, on trouve fort rarement le serpent à cornes. Il y a deux ans, un Allemand vint s'établir là avec sa famille. Peu de temps après il mourut, et ses enfants quit-

tèrent le pays, parce qu'ils ne pouvaient pas supporter l'influence du climat. Au commencement de
son séjour dans le pays, un de ses parents, une personne de sa connaissance, ou une personne étrangère, comme bon vous semblera, qui savait faire le
gros ouvrage de la maison, était venue vivre avec
lui. Toute la semaine, sans exception, il était malade de la fièvre, et s'il arrivait qu'il se montrât un
dimanche en habit de fête, tout le monde le regardait avec étonnement, car il portait alors une légère
camisole jaune, un chapeau d'une énorme dimension, des culottes et une jaquette descendant...

— Mais que peut nous faire sa jaquette et le
reste ? dit Harper impatienté.

— Cette jaquette a plus d'importance que vous
ne pensez, fit Bahrens en secouant la tête d'une
manière significative. Et reprenant ensuite son discours sans perdre le fil, il ajouta : — Une jaquette
bleue qui descendait jusqu'à la cheville, surmontée
d'un très-petit collet, et ayant une très-grande
poche de toile blanche qui était toujours ouverte,
et dans laquelle les jeunes gens avaient coutume
de glisser des noyaux de pêche, des branches de

pastèques et autres choses semblables. Sa parure la plus brillante consistait en de grands boutons de métal...

— Que nous importe ses boutons? demanda Harper.

— Ils importent beaucoup, répliqua Bahrens, qui secoua toujours la tête d'une façon significative. Écoutez-moi seulement. Un certain dimanche, le jeune homme s'en allait à l'office, une grande Bible reliée en noir sous le bras, quand il vit sur le sentier où il marchait une chose qu'il prit pour un de ces petits perroquets verts bien connus qui, pensait-il, venait de tomber de la branche où il s'était reposé jusqu'alors. Il s'arrêta pour le ramasser; mais, par malheur, il n'aperçut pas un serpent à cornes qui s'élança de dessous le feuillage où il s'était caché, et saisit l'infortuné jeune homme juste au-dessous du coude. Il va sans dire qu'au bout de quelques minutes un de ses parents, qui venait derrière le jeune homme avec sa femme, trouva ce pauvre garçon étendu sur le sentier. Il retourna en courant au plus vite vers l'habitation pour aller chercher du secours; mais il était trop tard. On fabriqua une civière du mieux qu'on le put pour transporter le défunt à la maison, et, en ôtant sa veste, on découvrit la marque de la piqûre faite par le serpent : le point était devenu tout noir. Le corps du malheureux jeune homme fut enterré le soir du même jour, car il faisait très-chaud, dans un cercueil grossièrement travaillé, et la casaque bleue suspendue à un clou derrière la porte.

— Bon ! mais qu'arriva-t-il à cette casaque qu'avait mordue le serpent ?

— Vous allez le savoir. Quand les Allemands se levèrent le lendemain matin, ils trouvèrent que la manche que le poison avait traversée était couverte de raies ; vers midi ces raies devinrent bleues. Dans l'après-midi les boutons se détachèrent, tombant à terre l'un après l'autre. Les poches et la doublure se gonflèrent, et, vers le soir, le crochet se descella et commença à sentir mauvais...

— Oh ! Bahrens ! s'écria Harper.

— Oui ! commença à sentir mauvais, vous dis-je. Il fallut l'enlever de là et le brûler, continua Bahrens d'une façon impérieuse.

— Ah ! c'est trop fort, cela ! dit Harper en dépo-

sant sa tasse sur la table et en sautant en l'air.
Vous voulez parler de la casaque...

— Eh! oui certainement, la casaque avait été sa-
turée de venin, reprit le vieux chasseur avec un
sang-froid imperturbable, tout en tirant une corde
de tabac de sa poche, et en coupant un grand morceau qu'il fourra dans sa bouche pour chiquer.

— Mes amis, il faut songer à retourner chez
nous, dit Roberts, quand les rires produits par cette
anecdote se furent un peu calmés.

Bahrens, indigné de l'incrédulité de la compagnie,
demeura immobile sur le bloc qui lui servait de
chaise, et battit à l'aide de ses doigts, comme sur
un tambour, les douves du baquet de bois placé
devant devant lui.

— Il faut pourtant que je m'en aille, remarqua
Roberts, en voyant que Mullins seul paraissait dis-
posé à l'accompagner; il le faut, vous dis-je; autrement, ma ménagère me grondera. Rowson doit
arriver ce soir pour s'entendre au sujet de quelques arrangements relatifs à son mariage. Ne se-
riez-vous pas assez obligeant, Brown, pour venir
avec moi? J'ai aussi certaines choses à écrire, et,

bien que j'aie pris quatre leçons d'écriture par semaine, dans ma jeunesse, au prix de...

— Je regrette de vous refuser; mais il m'est impossible de répondre à vos désirs, mon cher Roberts,
répliqua Brown quelque peu embarrassé : les Régulateurs de Fourche-la-Fave doivent se réunir demain chez Barill.

— Je croyais que l'assemblée aurait lieu chez
Smith.

— Non; Rowson a interpellé Smith à ce sujet,
et ce dernier a fini par se laisser persuader qu'il
commettrait un péché en recevant dans sa maison
les Régulateurs; telle est la cause pour laquelle il
s'est retiré de notre association, ajouta Brown en
souriant. Cela ne change, du reste, rien à nos dispositions; car la demeure de Barill est à peu près
située au centre de toutes nos habitations. Notre
ami est, du reste, un partisan fort zélé et fort ar-
dent de notre cause.

— N'êtes-vous pas encore sur les traces des
assassins de Heathcott ?

— Pas encore jusqu'ici. D'abord les soupçons
s'étaient portés sur moi seul. Je devais être arrêté

peu de jours après l'assassinat d'Alapaha; je ne l'ai pas été parce qu'on n'avait pas de preuves contre moi; par bonheur, j'étais en position de prouver, par le témoignagne de Hoswell, qui m'avait accompagné ce jour-là pendant une bonne partie de la matinée, que je ne portais pas des bottes, mais bien des mocassins, quoique néanmoins j'eusse en ma possession et même dans mon bagage des bottes dont les traces ressemblaient parfaitement aux empreintes laissées sur le terrain. Quand j'ai fait valoir cette défense, tous les soupçons ont cessé ; car la seule paire de bottes dont les semelles s'adaptent aux empreintes et découverte parmi tous les habitants du voisinage est celle de Rowson, et naturellement personne n'irait accuser le prédicateur de l'assassinat qui a été commis.

Roberts leva les yeux avec surprise.

— Eh ! fit-il, il se pourrait bien que ce malheureux Heathcott eût provoqué Rowson, car il ne pouvait souffrir le prédicateur.

— Malheureusement, continua Brown, il a plu presque tous les matins de ce printemps, et il est arrivé que toutes les traces se sont presque effacées.

Personne n'a pu dire à qui appartenait le petit couteau trouvé, près du cadavre.

— Vous saviez que c'était un canif? objecta Roberts.

— Nous n'avons pourtant pas renoncé à tout espoir de succès, et nous avons déployé la plus grande activité, tout en ayant l'air de ne rien faire. Tout ce que je peux dire, c'est que les soupçons sont tombés sur des personnes qu'on n'aurait pas crues capables de crimes pareils.

— Qu'est devenu l'homme que vous avez trouvé avec les chevaux inconnus?

— Ce Johnson, fit Cook; on m'a dit qu'on l'avait vu hier par ici; mais séjourne-t-il dans le pays ou n'a-t-il fait que passer? c'est ce que je ne saurais vous dire.

— Écoutez-moi, Brown: vous me ferez au moins le plaisir de m'accompagner jusqu'à la ferme, dit Roberts. Quand partez-vous?

— Dans une demi-heure environ. J'avais l'intention de passer la nuit chez Wilson.

— Très-bien! Alors vous irez chez Atkins demain matin, et je vous prierai de lui dire de rester chez lui lundi prochain. J'irai le voir avec Rowson pour m'entendre au sujet de sa ferme. Puis-je compter sur votre obligeance ?

Brown promit de ne pas oublier la commission.

Roberts, revêtissant alors ses propres habits, qui étaient tout à fait secs et bien brossés, monta à cheval et regagna son logis en compagnie de Mullins.

X

ROWSON ET ROBERTS — LE CONTRAT DE MARIAGE —
RETOUR D'ASSOWAUM

Trois semaines environ s'étaient écoulées depuis
la soirée si agitée et si remplie d'émotions où Brown
s'était séparé de Marion. Il avait solennellement
promis de ne plus la revoir et avait inviolablement
tenu sa parole.

Les souffrances qu'il eut à endurer pendant cet
intervalle étaient cruelles et incessantes, et plus
d'une fois il avait eu à combattre ses propres sentiments, qui étaient sur le point de l'entraîner. Lui
seul connaissait la terrible lutte qu'il avait à soutenir. Sa figure avait pâli, ses yeux avaient perdu
leur éclat et leur vivacité. Quel attrait pouvaient

avoir pour lui des lieux où la première femme qu'il
eût jamais aimée allait devenir celle d'un autre?
Rien au monde n'aurait donc pu le décider à sé-
journer plus longtemps dans un pays où tout son
bonheur était enseveli.

Mais il crut devoir, avant de partir, se justifier aux
yeux de ses concitoyens des soupçons qui pesaient
sur lui. Il savait bien que Marion ne le croyait pas
coupable du crime que quelques malveillants met-
taient à sa charge, mais il voulait encore que ses
amis et connaissances de l'Arkansas fussent aussi
instruits du véritable état des choses. On croyait,
en effet, que lui, Brown, avait tué Heathcott loyale-
ment et de bonne guerre, et que sa conduite était
justifiée par les circonstances. L'opinion que Brown
était l'auteur du crime était devenue tellement générale, que c'était, pour ainsi dire, une chose convenue et acquise aux débats; ses amis, quand on
leur parlait du meurtre commis par Brown, ne ré-
pondaient qu'en haussant les épaules.

Le neveu de Harper était décidé à mettre tout en
œuvre pour découvrir et faire punir le meurtrier, et
il ne doutait pas qu'il n'arrivât à ses fins; il était

également certain que la pauvre femme indienne serait vengée, et qu'alors rien ne s'opposerait plus à ce qu'il abandonnât une fois pour toutes un pays où il n'avait trouvé que peines et chagrins de toute espèce.

Quels étaient les sentiments de Marion dans ces conjonctures? Quelle était son opinion au sujet du jeune homme qui l'aimait si tendrement? Le cœur de la femme est une forteresse à l'épreuve des plus terribles attaques, et il n'est vraiment transpercé qu'à la suite des assauts répétés des plus cruelles souffrances. Marion sentait bien qu'elle remplissait un devoir, et cette pensée était sa seule consolation.

Rowson avait obtenu la promesse de sa main avant qu'elle eût vu le jeune étranger dont la présence devait produire une si étrange révolution dans son esprit; et pourtant, comme elle avait engagé sa parole, il n'en fallait pas davantage pour la rendre inviolable. Il paraissait cruel à la jeune fille de briser le cœur d'un homme, d'un fiancé, pour faire le bonheur d'un autre. Rowson ne lui avait-il pas dit quelques jours avant, d'un ton doucereux qu'il employait en pareille circonstance, que tout son bon-

heur d'ici-bas était concentré en elle; que son visage et ses yeux étaient pour lui ce que l'air et les
rayons du soleil sont pour les plantes, et qu'il
mourrait de désespoir si elle ne devenait pas sa
femme?

Malgré toutes ces paroles amoureuses, la pauvre
jeune fille arrosait son oreiller de torrents de larmes,
et personne ne savait ce qu'elle souffrait réellement.
Elle recourut à la prière, et elle y trouva de la consolation et du courage pour supporter le poids de
ses peines. Après avoir passé la nuit dans les in-
somnies et les larmes, elle retrouvait le lendemain
sa gaieté ordinaire, tempérée par une gravité peu
commune.

Rowson avait accepté l'hospitalité sous le toit de
sa fiancée, qui, le lendemain matin, dit à sa mère,
non pas avec des larmes et des soupirs, mais avec
assurance et fermeté, qu'elle était prête à épouser
l'homme que ses parents avaient choisi pour être
son époux. Sa mère l'embrassa avec bonheur, et son
père la baisa au front.

— Prenez-le pour mari, si vous pensez qu'il puisse
faire votre bonheur, dit ce dernier à Marion; puis-

siez-vous, mon enfant, ne jamais vous repentir du choix que vous aurez fait!

Rowson partit encore une fois pour aller passer quelques jours à Memphis, mais il devait revenir, et on l'attendait à toute heure.

C'était un vendredi, quinze jours précis après la lugubre soirée où la pauvre Alapaha était tombé victime d'une lâche agression; le soleil était parvenu à son point culminant et répandait tout son éclat sur la forêt, dont les plus beaux arbres devaient bientôt tomber sous la hache du colon. Une activité extraordinaire, une sorte de tumulte régnait dans la maison et autour de la ferme de Roberts. La jolie fille du fermier, tenant une petite corbeille sous le bras et entourée d'un bruyant troupeau de poules, de canards et d'oies, répandait sur l'aire de la cour, nettoyée avec le plus grand soin, la nourriture que la gent emplumée attendait avec une vive impatience. En dehors de la clôture, une multitude de poussins couraient de côté et d'autre, cherchant inutilement à entrer dans la basse-cour, et se montrant avides de partager le grain qu'ils entendaient distribuer aux autres avec tant de largesse. La femme du fermier, assise devant la porte, contemplait avec satisfaction cette scène animée, lorsque Marion poussa un léger cri et laissa tomber de sa main la corbeille vide qu'elle rapportait à la maison.

Près de la barrière elle avait aperçu Rowson, la saluant affectueusement de la main et lui souriant avec douceur. Le prédicateur avait terminé ses affaires et venait chercher sa femme.

— Qu'as-tu donc? demanda à Marion sa mère effrayée de la voir ainsi.

Mais, en se retournant, elle aperçut l'homme qu'elle attendait avec tant d'anxiété; et, étendant la main vers lui, elle ajouta :

— Je suis bien contente de vous voir de retour parmi nous, monsieur Rowson. C'est très-bien. Nous vous attendions avec une vive impatience.

— Marion pensait-elle comme vous? demanda le prédicateur en souriant. Et, ouvrant la barrière, il s'avança en même temps vers la jeune fille qui rougissait; et, lui prenant les mains, il imprima un baiser sur son front.

— Je suis charmée de vous voir bien portant et

13

l'air gai, fit la jeune fille à voix basse. Vous savez que vous êtes toujours le bien-venu dans notre maison.

— Oh ! je sais que dans la maison je suis le bien-venu ; mais dans votre cœur, le suis-je aussi, Marion ? répliqua Rowson.

La jeune fille se mit à trembler, mais ne répondit pas un seul mot.

— Marion, continua le prédicateur, après un moment de silence, le ciel a béni mes efforts. J'ai maintenant une somme suffisante pour monter une maison confortable, qui m'appartiendra. Voulez-vous la partager, Marion ? Voulez-vous devenir ma femme dimanche prochain ?

— Oui, dit la mère de Marion d'un ton de voix attendri, en serrant sa fille tremblante sur son cœur.

Il eût été impossible à Marion de proférer le mot oui.

— Elle m'a déjà avoué qu'elle vous aime, ajouta la mère, et le reste viendra de soi-même. Je suis sûre que vous la rendrez heureuse.

— Aussi heureuse que cela dépendra de moi, ou

que cela peut être au pouvoir d'un pauvre pécheur, répondit le méthodiste en levant humblement les yeux au ciel. Je crois que Marion est convaincue de mes bonnes intentions; du moins, j'ai lieu d'espérer qu'il en est ainsi.

La belle jeune fille lui tendit la main sans dire un seul mot, et Rowson porta cette main à sa bouche, tandis que Marion se jetait, en soupirant, sur le sein de sa mère.

— Hallo! Rowson, vous voilà donc! s'écria le vieux Roberts, qui se montra à son tour vers la barrière; vous êtes un homme de parole. Et comment vont les affaires?

— Admirablement, monsieur Roberts, répondit le méthodiste d'une voix allègre. Elles vont même mieux que je ne pouvais espérer. Je n'ai plus qu'à vous demander votre bénédiction pour le bonheur de notre union, qui aura lieu, si le Seigneur le veut, dimanche prochain, sans plus tarder.

— N'est-ce pas là un terme un peu trop court pour ma fille? insinua Roberts, en confiant les rênes de son cheval à un domestique nègre et en s'approchant du groupe.

— Marion, personnellement, ne fait à cela aucune objection, dit la mère, et nos préparatifs sont à peu près faits. Mais avez-vous trouvé une résidence convenable, monsieur Rowson ?

— Je venais vous prier tous deux de venir demain la visiter, afin de me donner votre avis, fit le prédicateur, si toutefois vous en avez le loisir. J'espère réussir à faire accepter à Atkins le prix que je lui ai offert pour sa propriété ; et, dans le cas où il accepterait, nous aurions, ma femme et moi, une belle ferme.

— Ne vaudrait-il pas mieux, alors, ajourner le mariage jusqu'à ce que les arrangements fussent exécutés et qu'on se fût ainsi mis à l'abri des inconvénients d'un ou de deux déménagements ? Je préférerais cela dans l'intérêt de Marion, qui se trouverait d'une manière plus confortable dans une maison convenable de fermier que dans une chétive cabane.

— Sans doute, ce serait plus confortable, répondit Rowson ; mais Atkins ne sait pas au juste quand il pourra quitter sa ferme. Il se peut qu'il s'écoule encore quatre ou cinq semaines avant qu'il parte, et vous trouverez naturel, mon cher monsieur Roberts, qu'après avoir triomphé par des efforts inouïs de tant d'obstacles qui s'opposaient à mon bonheur, je sois impatient de m'unir à Marion.

— Soit, que votre volonté soit faite, répondit le vieillard. Prenez-la, et soyez heureux.

— Recevez tous mes remerciements les plus sincères, s'écria Rowson en lui secouant la main avec effusion, j'aurai soin de faire en sorte que Marion n'ait jamais lieu de se repentir d'avoir remis son sort entre mes mains. Je vous dis maintenant adieu, mon père et ma mère; permettez-moi de vous donner ces doux noms, et bientôt...

— J'espère que vous passerez la soirée avec nous, dit madame Roberts; vous nous avez assez longtemps privés de votre présence, et il ne convient pas que vous quittiez ainsi votre fiancée au moment où vous voilà à peine de retour de votre voyage.

— Le temps s'écoule, ma bonne madame Roberts, répliqua Rowson en poussant un soupir; les moments sont précieux. Dans ce pays, où les maisons sont si éloignées les unes des autres, la journée se

13.

passe avec une rapidité incroyable, alors même que l'on n'a que fort peu de visites à faire. J'espère que demain soir toutes mes affaires se trouveront réglées et que je pourrai passer dans votre compagnie et celle de ma fiancée les heures qui s'écouleront jusqu'au jour le plus heureux de ma vie.

— Très-bien, très-bien, monsieur Rowson, dit le vieux père; je comprends votre anxiété de terminer vos affaires. Vous avez été absent pendant une semaine entière, et je conçois que vous ayez de nombreuses choses à régler. Demain soir, nous nous reverrons. N'oubliez pas qu'il est convenu que nous irons lundi chez Atkins.

— C'est bien convenu, répondit Rowson.

— J'ai prié ce soir même Brown de prévenir Atkins, il passe près de là pour se rendre à un meeting des Régulateurs chez Barill.

— On m'avait dit que l'association des Régulateurs était dissoute, observa Rowson avec un peu plus d'animation que n'en comportait son caractère placide. On m'a même parlé de cette dissolution comme d'un fait accompli.

— Oh! il n'en est rien; loin de là, ces gens-là

ont l'intention d'étendre leurs opérations sur une plus grande échelle. Il paraîtrait qu'ils soup-çonnent de vol et d'assassinat plusieurs personnes du voisinage et qu'ils vont se consulter demain sur les mesures à prendre, dans les conjectures où nous nous trouvons, pour conjurer les dangers qui nous menacent.

— Ne pourrait-on pas assister à leurs réunions? demanda Rowson.

— Oh ! certainement, on le pourrait, répondit Roberts en riant aux éclats; mais il faudrait d'abord se faire Régulateur soi-même, et je suis tout porté à croire que vous n'approuvez pas la manière d'agir de ces gentlemen.

— Ce qui manque aux Régulateurs, répondit Rowson, c'est une tête ferme et modérée qui contienne leur zèle dans de justes bornes et les empêche de commettre des excès du genre de ceux par lesquels ils ont souillé leurs actes dans le White-County. A cette irrégularité près, j'approuve l'institution, et je n'hésiterais pas à m'associer avec eux.

Roberts, en entendant ces paroles, put à peine en

croire ses oreilles ; ce langage de Rowson l'étonnait, et cette surprise se manifesta dans tous ses
traits.

— Vous pensez, je le vois, que j'ai changé d'opinion dans bien peu de temps, continua Rowson avec
quelque hésitation ; détrompez-vous, il n'en est rien.
Je condamne toujours les meetings des Régulateurs,
parce qu'ils sont illégaux.

— Mais..., dit Roberts, lorsque son interlocuteur se
tut subitement.

— Eh bien ! vous avez entendu les motifs qu'al-
lègue notre futur gendre, fit mistress Roberts avec
un peu d'humeur. Le bon M. Rowson a parfaitement raison. Ces jeunes écervelés agissent avec
autant d'extravagance que d'imprudence. Je ne veux
pas dire qu'ils n'aient de bonnes intentions ; ils
croient remplir un devoir et faire le bien, tout en
commettant parfois les injustices les plus criantes,
et, si j'étais à la place de M. Roberts...

— Ils n'admettent personne comme membre de
leur association, fit Roberts en fixant ses yeux sur
le prédicateur, qui ne put réussir à échapper à son
regard perçant, à moins qu'on ne leur jure tout

d'abord de prendre une part active à leurs opérations. Je ne pense pas qu'ils soient d'humeur à s'adjoindre un donneur d'avis, alors même qu'ils en auraient besoin.

— Du moins pourrait-on en faire l'essai, répondit Rowson, qui avait recouvré sa présence d'esprit. Je me rendrai demain à leur réunion, si j'en ai le temps, et je ne m'éloignerai que si l'on m'ordonne expressément de partir. J'aurai fait alors ce que j'aurai cru devoir faire, et c'est tout ce qu'on peut attendre de moi.

— Très-bien, répliqua Roberts en lui serrant la main. Voilà ce qui s'appelle parler en homme de cœur. Je suis charmé de voir en vous un homme fidèle à ses principes.

— Qui est maintenant le chef des Régulateurs?

— C'est Brown, pour le district de Fourche-la-Fave.

— En voilà un qui a vraiment menti à ses principes! répondit le prédicateur en regardant Roberts; je me rappelle encore les paroles de réprobation qu'il a lancées dans cette chambre même contre cette association.

— Oh! les choses ont bien changé depuis, observa le vieux d'un ton sérieux. Brown a été presque forcé de prendre une part active dans cette société; il y allait de sa réputation. Il avait été formellement accusé d'assassinat, et tous ses efforts tendent maintenant à découvrir le véritable coupable. Brown avait eu une violente discussion avec Heathcott, et vous savez pertinemment que Heathcott était en quelque sorte...

— Je croyais que le principal but des Régulateurs était de découvrir les voleurs de chevaux, fit Rowson, qui devint pâle en entendant parler son futur beau-père.

— Oui! c'est là un de leurs buts; mais, si vous assistez demain à leur réunion, vous serez édifié sur tout le système de leur association. Actuellement les Régulateurs cherchent à surprendre quelques personnes qui sont l'objet de soupçons plus ou moins graves. Ils les passeront en jugement, et les coupables pourront être découverts.

— Plût à Dieu qu'ils pussent mettre la main sur l'assassin de la pauvre Indienne! ajouta mistress Roberts. Oh! monsieur Rowson, vous ne pourriez

vous faire une idée de l'ardeur avec laquelle j'ai
prié pour que le coupable fût découvert. La malheureuse défunte était une femme bonne et pieuse,
et elle avait la plus grande vénération pour vous.
Hélas! que de fois je l'ai vue fondre en larmes en
écoutant vos sermons! on aurait dit que son cœur
allait se briser! Mourir si jeune et d'une telle mort!
Quelle fatalité!

— Oui, c'est vraiment terrible, fit Rowson, profondément ému, quoique par des motifs bien différents de ceux que lui supposaient ses deux interlocuteurs. Allons, mes amis, il est urgent que je
m'en aille; bonsoir donc. Bonsoir Marion. Mais où
est-elle donc allée?

— Marion, ma fille, viens ici, lui cria sa mère.
M. Rowson part et veut te faire ses adieux.

— Laissez-la, ma chère amie, fit le méthodiste:
elle a le cœur gros, et elle est en communication
avec le ciel; demain, je la trouverai plus alerte et
moins agitée.

En disant ces mots, il salua les Roberts de la
main, s'élança à cheval, et lança sa monture au
galop vers la sombre forêt.

— Ma chère amie, qu'a donc notre fille? demanda Roberts, dès que le prédicateur fut parti; elle se comporte d'une manière bien étrange avec son fiancé. J'espère qu'elle n'est point contrainte à épouser Rowson.

— Quel drôle d'homme vous êtes! Et qui donc la forcerait? répondit mistress Roberts. Marion est presqu'encore une enfant, et elle est naturellement émue à la veille d'un événement aussi important que le mariage. C'est la perspective de quitter ses parents qui lui cause un chagrin profond. Vraiment, avec un homme aussi vénérable que M. Rowson...

— Très-bien, murmura Roberts, en ôtant ses éperons et en les suspendant avec la selle et la bride sous un petit appentis placé devant la maison, très-bien; vous m'avez déjà répété cela fort souvent.

— Vous ne me paraissez pas avoir une sympathie particulière pour cet homme d'une si grande piété, répliqua agréablement la ménagère.

— Oh! c'est vrai, et je ne vois pas pourquoi notre enfant doit être plus heureuse avec lui

qu'avec un autre jeune honnête homme quelconque,
qui aurait un peu plus de virilité que Rowson. Je
préférerais, je l'avoue, tout autre prétendant à
celui-ci. Mais enfin, puisque vous autres femmes
vous êtes d'accord, je n'ai plus qu'à donner mon
consentement. Rowson désire s'établir, c'est un
homme industrieux, et je suis sûr qu'il réussira
dans l'Arkansas.

Les manières franches en apparence du prédicateur lui avaient concilié jusqu'à un certain point la
bienveillance du vieillard, qui ne soupçonnait pas
le mal chez les autres. Du reste, comment aurait-il
pu concevoir le moindre soupçon sur le compte
d'un homme dont la réputation de piété était généralement appréciée? En différentes occasions,
certaines appréhensions passagères avaient bien
traversé son esprit; mais il n'avait point pu se
rendre compte de ses sentiments, et il ne s'était
pas arrêté à les approfondir.

Le lecteur se demandera peut-être quels devaient
être les sentiments du prédicateur pendant qu'il
traversait à cheval la vaste forêt dans laquelle
il avait pénétré au sortir de la propriété des

14

Roberts : nous allons le suivre dans son excursion.

Quand Rowson fut arrivé à une certaine distance de la ferme, dans un endroit où il ne put
plus être vu par les habitants, il descendit de
cheval et conduisit l'animal par la bride, cheminant à pas lents, absorbé en apparence par des
pensées sérieuses, dans l'étroit sentier qui conduisait à travers le bois. Il finit pourtant par s'arrêter,
et se tint alors, en grommelant à voix basse, le
discours suivant :

— Décidément l'Arkansas commence à être pour
moi un pays tant soit peu dangereux. Le diable
lui-même y perdrait la partie, et un hasard, — je
me rappelle certains faits du même genre très-
incroyables, — un hasard, un rien suffirait pour
mettre en évidence des choses qui ne sont pas faites
pour maintenir ma bonne réputation dans le voisinage. Il faut que je quitte le comté aussi vite que
possible. Qu'Atkins vende ou ne vende pas sa propriété, je ne veux pas être enchaîné ici pour être
poursuivi seul quand mes compagnons jouiront
ailleurs de la plus grande tranquillité. A vrai dire,
Assowaum est absent, et sans son secours, il serait

difficile aux autres de rien découvrir : il n'est même
pas certain qu'ils pussent réussir avec lui. Mon
canif...

En cet instant, le cheval dressa les oreilles, et
l'Indien parut devant Rowson.

— Bonsoir, monsieur Rowson, lui dit-il d'une
voix contenue, en sortant du taillis et en continuant
son chemin sans chercher à échanger avec lui
d'autres paroles.

— Assowaum! s'écria Rowson en pâlissant : Assowaum, où êtes-vous donc resté si longtemps
caché? Tous ceux qui vous connaissent étaient in-
quiets de votre absence.

— Mais l'homme pâle était absent aussi, répondit
l'Indien en souriant et regardant fixement le prédicateur. Assowaum retourne au tombeau de sa
femme.

— Et n'avez-vous point découvert la trace de
l'assassin?

— Non, répondit le sauvage d'une voix si basse,
que Rowson put à peine le comprendre, pas encore. Le Grand-Esprit n'a pas permis que l'oiseau
sacré murmurât à mon oreille le nom de ce mons-

tre. Assowaum a parlé au Grand-Esprit de sa tribu
dans un lieu qui n'a pas été profané par le pied
d'un homme blanc. A présent, il va attendre que
la voix de Manitou lui parle.

— Puisse-t-elle vous être favorable, dit le prédicateur, qui oublia à ce moment le dédain qu'il avait
toujours témoigné pour les idées superstitieuses de
l'Indien.

Assowaum salua comme pour remercier Rowson
et poursuivit son voyage.

Au même instant, le méthodiste se mit en selle,
et quand il fut arrivé à l'extrémité de la courbe que
formait le chemin et qui le dérobait à la vue de
l'homme rouge, il lâcha les rênes de son poney et
le lança au galop le plus rapide, si bien que sa
longue chevelure brune flottait au gré de la brise
du soir et que le cheval, qui n'avait pas l'habitude
d'une allure aussi vive, écumait et renâclait en
emportant son impatient cavalier à travers les
méandres de la vallée.

XI

LES AVEUX DE WILSON — LA BELLE BLANCHIS-
SEUSE — LE BERCEAU DE L'ARKANSAS — LA
RETRAITE

A peine Roberts venait-il de quitter la demeure
de Harper que Brown se préparait déjà à partir
pour le défrichement où demeurait Barill, celui
chez qui devaient, le lendemain, se réunir les
Régulateurs. Cook accompagna son ami à une certaine distance, et s'en alla ensuite à gauche dans
l'intention de passer la nuit dans sa demeure et
d'aller rejoindre Brown à la pointe du jour. Bahrens
promit de rester avec le convalescent, qui déclara
à son tour que c'était la dernière fois qu'il consen-
tirait à se laisser ainsi cloîtrer à la maison.

— Je veux encore fouler de mes pieds le gazon des prairies, s'écria-t-il ; j'ai besoin de voir encore la belle voûte azurée au-dessus de ma tête, autrement je ne serai jamais bien portant.

On lui promit de le conduire prochainement chez Bahrens, où il demeurerait une semaine. Comme il ne serait peut-être pas trop fatigué en faisant le voyage en un jour, il fut convenu qu'on passerait la première nuit chez Roberts, qui l'avait invité quelque temps auparavant.

Brown s'en allait au trot sur son petit poney, plein d'ardeur, tout le long d'un sentier qui passait à travers les bois touffus où il est fort difficile de ne pas se perdre, tellement la route disparaissait sous le feuillage et l'herbe.

Au bout d'environ une heure et demie, il arriva à la petite ferme de Wilson, qu'il trouva prêt à monter à cheval.

— Hallo! Wilson! où allez-vous ainsi ? Partez-vous pour vous rendre au meeting des Régulateurs? lui cria Brown.

— Oui, répondit le jeune homme, qui devint rouge en faisant cette simple réponse.

— Que faites-vous donc, Wilson? ajouta Brown en riant, quand il le vit serrer sans nécessité la sangle de la selle de sa monture. Vous allez tuer cette pauvre bête si vous la serrez comme si vous vous disposiez à faire une course au clocher. Qu'avez-vous donc, mon cher?

— Oh! rien, marmotta Wilson. Quel chemin prendrez-vous ?

— Je suis venu vous faire une visite ; mais vous partez ?

— Je... je me rends chez Atkins.

— Ah ! très-bien ; je viendrai vous voir une autre fois et je vais vous accompagner chez Atkins. J'ai à lui dire quelque chose de la part de Roberts.

Wilson voulut faire quelques objections; mais Brown n'en tint pas compte ; il invita son ami à monter à cheval sans désemparer, et tourna même la tête de son coursier du côté du chemin.

Wilson l'eut bientôt joint et garda quelque temps le silence, quoique à contre-cœur.

— N'êtes-vous pas chargé par Roberts d'une commission pour Rowson? On dit qu'il est en pourparlers avec Atkins pour acheter sa ferme, si toutefois

Atkins s'en va réellement, ce qui n'est pas encore certain.

— Comment? Son départ n'est-il pas décidé?

— On l'ignore. Ce vieux grognon est morose et triste comme un cimetière, et, d'ailleurs, ce n'est pas à moi qu'il confierait ses secrets.

— Pourquoi n'aurait-il pas en vous autant de confiance qu'en tout autre? demanda Brown en souriant.

Au grand étonnement de Brown, Wilson se mit à siffler un air et à épousseter ses guêtres de chasse au moyen d'une gaule qu'il avait coupée à un arbre. Comme il laissa passer quelques instants sans répondre à cette question, Brown la lui adressa de nouveau. Wilson modéra alors l'allure de son cheval et étendit la main vers son compagnon, qui tira également la bride du sien pour le retenir.

— Je vais vous faire, lui dit-il d'un ton de voix confidentiel, un récit détaillé de mon histoire, mon cher Brown; elle sera courte, et, comme je vous connais très-bienveillant pour moi, vous pourrez peut-être me donner un bon conseil.

— Voyons! de quoi s'agit-il? fit son ami. Je pour-

rai ou ne pourrai pas vous servir ; car enfin on me
demande rarement des avis, surtout pour...

— Pour affaires d'amour, voulez-vous dire?
ajouta-t-il en souriant à Brown, quand il vit la rou-
geur monter à ses joues : vous me comprenez ; très-
bien, murmura-t-il enfin. Oui il s'agit d'amour,
d'un amour qui n'est pas partagé. Connaissez-vous
la famille d'Atkins?

— Je ne suis jamais allé chez lui.

— Il a chez lui une jeune orpheline qu'il a adop-
tée. Oh! vous vous moqueriez de moi si je vous
parlais des sentiments que j'éprouve pour elle et,
si vous vous conteniez par courtoisie, vous n'en
ririez pas moins *in petto*. Je ne vous ferai donc pas
le portrait de la jeune personne. Je l'aime depuis
un an, à dater de l'époque où elle est venue avec
Atkins à la Fourche-la-Fave. Son père ne veut pas
de moi pour gendre. Après tout, ce n'est que son
père nourricier, et pourtant c'est lui qui l'a élevée
et l'a rendue une jeune personne accomplie; mais
sa femme n'a rien fait pour l'éducation de la jeune
personne. On va marier la pauvre fille à un homme
qu'elle n'aime pas; mais ce mariage ne s'accom-

14.

plira pas, je le jure! Son père la tourmente de toutes façons pour la forcer d'épouser l'homme qu'il
lui a choisi.

— Je suis désolé d'apprendre cela, fit Brown.
Quel âge a cette jeune fille?

— Quel âge? Mais elle vient d'avoir dix-sept ans,
répondit Wilson en soupirant; si elle en avait vingt
et un, nous nous moquerions fort bien de son vieux
tuteur.

— Vous aime-t-elle réellement?

— Elle me l'a dit mille fois pour une.

— Dans ce cas, vous avez toutes les chances pour
vous. Il y a moyen d'attendrir le cœur des parents
d'une manière ou d'une autre, observa Brown dans
le but de consoler son ami.

— Oui, si j'avais assez de temps pour cela, s'écria
Wilson avec impatience. Hélas! le mariage de Rowson est fixé à demain, et Ellen doit aider les jeunes
mariés à s'installer dans leur maison.

— Rowson se marie demain? s'écria Brown en
pâlissant.

— Oui, demain dans l'après-dînée, continua Wilson, qui était loin de se douter de l'intérêt que son

compagnon prenait au nouveau tour que la conversation avait prise. Lorsque Atkins aura vendu et
touché l'argent, il s'en ira au Texas, où la jeune
fille l'accompagnera.

— Eh bien! vous n'avez qu'à aller avec lui, fit
Brown, qui entendait avec peine son interlocuteur,
tant il était absorbé par la nouvelle de l'événement
qui devait avoir lieu le lendemain.

— Cela n'est pas possible, répondit Wilson; j'ai
ma vieille mère qui est encore dans le Tennessée
non loin de Memphis, et je ne puis la laisser ainsi.
Elle demeure chez des étrangers; je ne peux ni ne
veux l'abandonner.

— Dans ce cas, je ne sais quel conseil vous donner pour vous tirer d'embarras, répliqua Brown
plongé dans la plus profonde rêverie. Je ne connais
pas Atkins, car je ne l'ai vu qu'une fois, et partant
il est plus que probable qu'il ne tiendrait aucun
compte de tout ce que je pourrais lui dire en votre
faveur.

— Ce n'est pas avec Atkins qu'il faudrait traiter
l'affaire, mais avec une toute autre personne.

— Avec qui donc, alors?

— Avec mistress Rowson. Vous connaissez le prédicateur, et je sais que Marion a une grande estime pour vous. Si vous pouviez la décider à s'employer pour moi, ma cause serait gagnée.

— Mistress Rowson? dit Brown comme perdu dans ses pensées. Et que peut-elle faire à cela?

— Oh! les Atkins ont la plus haute opinion d'elle. Quand l'été dernier la femme d'Atkins est restée si longtemps malade, Marion a veillé à son chevet pendant des semaines entières en compagnie d'Ellen : les parents adoptifs de ma bien-aimée ne pourront se refuser à faire quelque chose pour Marion, qui est si bonne.

— Oh ! oui, elle est bien bonne, murmura Brown avec un profond soupir.

— Que pensez-vous de cela?

— De quoi?

— Qu'ils ne pourront se refuser d'être agréables à Marion, eu égard à la considération qu'ils ont pour elle?

Mon cher Wilson, répondit Brown en s'éloignant de son compagnon, vous auriez mieux fait de vous adresser à un autre plus capable que moi de vous

rendre service en cette affaire. Rowson lui-même
serait peut-être celui de tous qui la traiterait le
mieux.

— Oui, dit Wilson avec une certaine humeur, je
le crois aussi : mais j'ai contre cet homme une antipathie invincible. Tout le monde paraît l'aimer et
le rechercher : il est la coqueluche des femmes.
Quant à moi, sans pouvoir me rendre compte de
cette sensation, je me sens mal à mon aise en sa
présence. Sa fortune aussi m'est suspecte, et je me
demande comment il l'a acquise. Il y a un an à
peine, cet homme est venu ici pauvre ; c'est ce qu'il
nous a dit lui-même ; il ne fait jamais rien si ce n'est
de prêcher, ce qui ne lui rapporte pas un cent, et
cependant il a toujours de l'argent. Qui plus est, cet
inconnu, arrivé sans sou ni maille dans ce pays, va
épouser la plus jolie fille de Fourche-la-Fave, après
mon Ellen, bien entendu, car Ellen, selon moi, est
la perle de toutes les jeunes demoiselles du voisinage. Je n'ai rien à dire contre Rowson ; je ne l'accuse de rien, si n'est d'être un couard ; mais cela ne
me regarde pas. Il me répugne à lui demander service, alors même qu'il s'agirait de me sauver la vie.

— Prenez patience, Wilson, dit Brown à son camarade d'un ton rassurant. Si la jeune fille vous aime réellement, et que votre rival n'ait pas reçu de promesse d'elle, votre affaire n'est pas encore désespérée. Vous avez ici de nombreux amis, vous êtes jeune et actif; que vous manque-t-il donc?

— Ce qui me manque, Brown, c'est ma bien-aimée, s'écria Wilson, et vous avez beau déguiser vos sentiments sous les fleurs de vos paroles, — je vous demande pardon de cette expression, — vous m'avez l'air d'être consumé par quelque peine secrète que vous ne voulez confier à personne. Moi, je ne veux pas rester plus longtemps dans la cruelle alternative où je suis, il faut que mon sort soit décidé avant le départ d'Atkins. Si personne ne veut, ou ne peut me faire obtenir la jeune fille par la voie de la persuasion, le diable m'emporte si je ne l'enlève pas! Je suis certain qu'Ellen ne refusera pas de me suivre.

— Avez-vous déjà demandé à Atkins de vous accorder la main de la jeune fille?

— Oui, et sa femme, qui est méchante comme un démon, m'a menacé de me mettre à la porte, si j'étais assez osé pour me présenter de nouveau chez elle.

— Mais cette menace ne vous empêche pourtant
pas d'aller à la ferme ?

— J'y vais, j'en conviens; mais je n'entre pas
dans l'intérieur, répliqua Wilson en riant; je ne suis
pas assez sot pour cela. Ellen lave aujourd'hui du
linge au ruisseau qui coule à cent et quelques pas
de la maison. C'est là où je vais me rendre pour
causer quelques minutes avec elle. Je mettrai mon
temps à profit le mieux que je pourrai, et quand elle
aura fini son ouvrage, j'irai chez Barills. Le temps
est beau et la chaleur tolérable.

— Ne vous serait-il pas possible de me faire voir
la belle que vous recherchez, afin que je puisse au
moins juger de votre goût?

— Pourquoi pas ? répondit Wilson d'un air riant.
Elle vous plaira, j'en suis sûr, et vous me ferez
certainement compliment de mon choix. Nous voici
bientôt arrivés près de l'endroit où aura lieu le
meeting; il faut tourner à gauche; car autrement
les Atkins pourraient nous apercevoir de leur maison. Halte ! laissez ici votre poney; nous ne pouvons
pas traverser à cheval le marécage, et le seul pont
qu'on y trouve est un vieux cyprès placé en travers

sur la tourbière. Je vais aller attacher ma monture au milieu du cannier, à l'endroit où je la place ordinairement.

Wilson se hâta de conduire son cheval et précéda son ami sur le pont difficile de la fondrière.

— La voilà, s'écria-t-il; ne faites pas de bruit et nous la surprendrons.

Les deux jeunes gens s'approchèrent alors avec précaution d'une petite place, dénuée d'arbres, dans un site où le ruisseau faisait un coude pour descendre vers Fourche-la-Fave.

Ils s'arrêtèrent tous deux pendant quelques instants, étonnés à la vue du spectacle qui s'étalait à leurs yeux. Wilson jeta sur son ami un regard de triomphe, comme s'il eût voulu dire :

— Vous voyez; n'avais-je pas raison? Est-ce là un bijou fait pour le Texas, et sera-t-il dit qu'on me ravira ce lis plein d'innocence et de candeur?

Tout près du ruisseau était suspendue, à deux branches de chêne, une petite chaudière noircie. Quelques jeunes femmes, rangées en demi-cercle autour de ce grand récipient, s'occupaient à laver avec toute l'activité de leur âge. Elles se tenaient

toutes devant une planche fixée comme une ta-
blette, et la belle fille qui avait ravi le cœur de
Wilson travaillait avec la plus grande ardeur, à
l'exemple de ses compagnes. De temps à autre sa
douce voix faisait entendre une chansonnette ; mais
elle ne chantait, pour ainsi dire, que par boutades,
et cette hésitation ne faisait qu'ajouter au charme du
spectacle. Toutefois, ce n'était pas là la seule occu-
pation de la bien-aimée de Wilson. Tout près d'elle,
fixé entre deux jeunes tiges de noyer-hickory et
balancé au gré d'une légère brise, était suspendu
un petit hamac, fait d'écorce de papos, dans lequel
avait sommeillé jusqu'ici un enfant plein de santé,
dont les roses eussent envié le teint frais et doux.
L'enfant couché leva tout à coup la tête, regarda
de côté et d'autre, et, au lieu de sourire à la magnifique scène qui se déployait sous ses yeux, con-
tracta ses traits et fit une grimace précurseur de
l'orage qui grondait et des cris de détresse qui
allaient retentir. Ellen, examinant la façon
d'agir du petit dormeur et comprenant qu'il était
bel et bien éveillé, laissa tomber le battoir, remua
le hamac et entonna une chanson dans le but de

faire endormir le marmot. Celui-ci parut s'apprivoiser et s'adoucir à l'instant, grâce à la présence de la jeune fille, et aux sons de sa voix douce et harmonieuse.

Les deux témoins invisibles prêtaient l'oreille en silence, et Ellen, qui ne pouvait se douter de cet espionnage amical, chantait joyeusement et de tout cœur, se penchant de temps à autre vers l'enfant et lui souriant comme si elle allait lui imprimer un baiser sur son visage prospère, et se relevant ensuite pour jouer et pour badiner.

— Dieu du ciel! s'écria-t-elle avec un sentiment de crainte, au moment où Wilson, — quand elle eut fini de chanter, — s'approcha d'elle et la saisit par la taille. Méchant que vous êtes! comment pouvez-vous ainsi effrayer les gens?

— Ne m'en veuillez pas, ma chère amie, répliqua le trappeur en déposant un baiser sur ses lèvres. Regardez par ici; j'ai amené un ami.

Ellen se retourna aussitôt en tressaillant, et quand ses yeux rencontrèrent ceux du jeune fermier souriant, car il devait infailliblement avoir vu Wilson appliquer sur sa joue le baiser qu'elle venait de recevoir, ses joues s'empourprèrent, son sein s'agita, et elle éprouva uue sorte d'agitation fébrile. Bref, elle était tellement déconcertée qu'elle voulut se sauver; mais Wilson la prit par la main en lui disant d'une voix suppliante :

— Ellen, ce jeune homme est mon ami et il sait que nous nous aimons. D'autre part, continua-t-il d'un ton sérieux, vous ne pouvez en aucune façon vous éloigner et laisser là votre ouvrage. Comme le petit drôle couché dans ce bamac semble se trouver fort à son aise ici, vous n'avez qu'une seule chose à faire, c'est de rester. Qu'en pensez-vous? Ai-je tort ou raison?

— Vous avez tort, fit la belle jeune fille en souriant, et toujours confuse, ce qui ne l'empêcha pas d'adresser un gracieux salut de tête à l'étranger; oui, vous avez tort, et vous savez bien qu'il ne peut pas en être autrement.

— Voilà ce qui s'appelle parler d'autorité, fit Wilson en regardant Brown; les jugements des Régulateurs ne sont que de la saint-Jean à côté de celui-ci.

— Ah! ces misérables Régulateurs! fit Ellen.

— Un moment! s'écria Wilson en l'interrompant; prenez garde de les traiter trop rudement :
vous avez affaire pour le moment à deux hommes
affiliés à leur compagnie.

— Eh quoi! vous faites partie de la société de
ces...

— Doucement, doucement! voici notre chef;
quant à moi...

— Oh! ne me dites point que vous êtes un
Régulateur, objecta la jolie fille à Brown; jamais
je ne croirai que vous êtes un des membres de
cette bande.

— Vous avez donc un bien profond dédain pour
ceux qui en font partie? demanda Brown en souriant.

— Oh! oui, je les ai en horreur. Mon père et
ma mère m'ont raconté les crimes dont ils se sont
rendus coupables; car ils arrachent, la nuit, des innocents de leur lit par le seul motif qu'un de
leurs associés a un ressentiment à satisfaire. Ils
attachent ensuite ces malheureux à un arbre et les
fouettent jusqu'à ce que la mort s'ensuive. Mon père
a juré de tirer sur le premier Régulateur qui oserait franchir le seuil de sa porte.

— Les Régulateurs ne sont pas aussi méchants qu'on vous les a dépeints; votre père est prévenu contre eux, fit Brown, et bien que...

— Chacun son tour, s'écria Wilson en se mettant entre Ellen et Brown; je désirerais aussi avoir la parole. En vérité, je ne suis point venu ici pour assister à une discussion sur les Régulateurs. Ellen, avez-vous parlé à votre mère?

— Oui, répondit la pauvre jeune fille en secouant la tête, et elle m'a dit...

— Vous pouvez parler franchement en présence de M. Brown; il sait tout, s'écria Wilson, qui comprit que sa bien-aimée jetait un regard d'inquiétude sur l'étranger.

— Hélas! à quoi me servirait de ne pas parler? répliqua la pauvre jeune fille en poussant un soupir. Tout l'Arkansas saura bientôt que je vais devenir la femme de Cotton, de cet homme grossier...

— De Cotton? s'écria Brown avec étonnement.

— Hélas! oui; il n'y a pas à revenir sur une décision irrévocablement prise. Ma mère m'a défendu de dire à qui que ce fût le nom de l'homme qu'elle m'a destiné ; mais comment garder le silence en pareille occurrence? Oh! je mourrai plutôt que d'épouser cet homme.

— Vous ne l'épouserez pas, fit Wilson d'une voix décidée; je... mais *sufficit* : je ne dis pas un mot de plus, ajouta-t-il en voyant Ellen lui adresser un regard sévère. Je sais ce qu'il me reste faire; ce que je veux avant tout, c'est découvrir la bande de voleurs qui commet ses rapines dans les environs; et, si Atkins ne veut pas céder, je... je ne sais pas ce que je ferai; mais je crois bien que ce sera un coup de ma tête; je m'enfuirai avec vous.

— Ce serait vraiment une folle escapade : prenez garde, monsieur l'amoureux, fit Ellen en souriant et en lui faisant du doigt un signe d'avertissement.

— Vous savez que je parle sérieusement, ajouta Wilson. Eh! qu'avez-vous donc, Brown? D'où vient que vous examinez ainsi le faîte de cet arbre?

— Y a-t-il longtemps que vous n'avez vu l'homme que vous nommez Cotton? demanda Brown à la jeune fille, sans faire attention à l'observation de Wilson.

— Non; il y a trois ou quatre jours, répondit

Ellen. Il est revenu du Mississipi, et je crois qu'il était parti pour ce pays quinze jours auparavant ; mais il ne vient jamais à la ferme que le soir, et je ne peux pas souffrir une façon d'agir si mystérieuse. Le connaîtriez-vous, par hasard ?

— Oui, je crois le connaître ; toutefois je n'en suis pas sûr. Vient-il ?... Mais qu'a donc Wilson ?

Brown se mit à examiner avec étonnement son compagnon qui se précipita comme un serpent dans le fourré et disparut en quelques secondes. La cause de cette étrange manière d'agir ne resta pas long temps une énigme ; car presque au même moment on vit paraître mistress Atkins, matrone d'un port noble et encore fort jeune. La blancheur de sa robe avait frappé Wilson et lui avait donné l'éveil à temps. Il avait donc abandonné son ami, le laissant se tirer d'affaire comme il le pourrait.

— Hallo, miss ! s'écria la dame en avançant à grands pas et en tenant la tête haute. Hallo ! vous causez avec des gentlemen ? Je n'ai pas entendu un seul coup de battoir depuis un quart d'heure, et je ne m'étais pas trompée : est-ce que le blanchissage se ferait par hasard de lui-même ?

— Je suis venue bercer l'enfant, balbutia Ellen.

— Bercer l'enfant ? mais il dort aussi tranquillement que l'oiseau-mouche dans son nid. Chansons que tout cela !

— Il est de mon devoir de vous dire, madame, que la faute de cette interruption de travail est toute à moi, objecta Brown à la femme d'Atkins. Je viens ici pour remplir une commission dont m'ont chargé M. et mistress Roberts, et je compte passer la nuit chez vous.

— Vous n'avez pas précisément pris le bon chemin, fit mistress Atkins un peu radoucie.

— Je m'en aperçois, répondit Brown en souriant, décidé à défendre, autant qu'il lui serait possible, la cause de la tremblante jeune fille. J'avais suivi la route de la forêt, et, arrivé à la fondrière, je n'ai plus su si je devais monter ou descendre pour arriver plus vite à ma destination. J'ai donc traversé le ruisseau pour chercher à m'orienter, et c'est alors que j'ai trouvé ici mademoiselle que je regrette d'avoir forcée d'interrompre son ouvrage pour répondre à mes questions.

— Mademoiselle, dites-vous ? Quel mot absurde !

Vous avez tort d'inspirer des sentiments d'orgueil à cette jeune fille en lui donnant le titre de mademoiselle. Mon mari est heureusement à la maison. Où est donc votre cheval? Je vais envoyer notre domestique le chercher.

— Je l'ai attaché là haut sur la montagne, répondit Brown, qui voulait à toute force ramener avec lui la dame de mauvaise humeur, afin de procurer à Wilson le moyen de poursuivre son entrevue avec Ellen.

— Eh bien! venez avec moi, répliqua mistress Atkins, et vous, Ellen, travaillez un peu et soyez active. Vous n'avez pas encore fait la moitié de votre ouvrage. Ah! vous devriez rougir! Il y aura bientôt deux heures que vous êtes ici. J'entends que tout soit fini avant la nuit. Comment va le petit? ajouta-t-elle avec une tendresse vraiment maternelle qui contrastait singulièrement avec sa rudesse ordinaire.

La dame se pencha sur le berceau de l'enfant, qui manifestait sa joie en riant et en se trémoussant de la manière la plus charmante.

— Voilà ce qui amuse ces petits drôles, courir, se remuer toute la journée, et puis ils ne dorment pas

15

de la nuit, et Ellen est alors obligée de le porter
dans ses bras et de le bercer jusqu'au jour. Ah ! je
vous demande pardon, monsieur, de vous avoir fait
attendre. Ellen, hâtez-vous d'achever votre ouvrage !

Tout en se retournant, mistress Atkins examinait les traces de pas empreintes sur le sol, puis
elle regarda celles que faisaient les bottes de Brown ;
mais la terre était trop foulée pour qu'elle pût reconnaître quelque chose de positif. Elle appliqua un
tendre baiser sur le front du petit garçon et se dirigea, suivie du jeune homme, vers la maison située à l'extrémité d'un vaste terrain défriché.

XII

L'habitation d'Atkins était bien supérieure aux autres demeures des colons voisins, quoiqu'elle ne fût construite que de troncs d'arbres; seulement les billes qui avaient servi à son édification avaient été équarries avec beaucoup de soin et polies de tous les côtés. Les bâtiment se composait de deux ailes grandes chacune de deux étages, réunies au milieu par un passage ouvert au nord et au midi. L'intérieur accusait une grande aisance, et les planches bien dolées, sans aspérités ni fentes, témoignaient du goût et de l'habileté de l'architecte. Les murs étaient couverts d'affiches d'acrobates et d'é-

cuyers ambulants, de marionnettes et de ménage-
ries d'animaux. Au milieu de tous les personnages
qui figuraient sur ces grandes pancartes murales,
on distinguait un homme en pantalon collant, couvert d'un chapeau de forme bizarre orné de deux
plumes immenses, représenté assis sur les épaules
d'un lion aux oreilles duquel il semblait chuchoter
certaine communication importante et d'un haut
intérêt.

L'une des deux ailes de cette vaste construction
renfermait les chambres à coucher, où se trouvaient cinq lits garnis de matelas et de chaudes
couvertures. Sur les murailles était étalée la garde-
robe des dames; quant aux habits de dimanche du
maître de la maison, on les voyait suspendus à
l'angle opposé. Les hôtes admis à coucher à la ferme n'étaient introduits dans cette partie de la maison que le soir, quand venait le moment d'aller
dormir, alors que tous les lits étaient préparés convenablement. Pendant le jour, ce dortoir était une
enceinte sacrée où il était défendu de pénétrer.
Cette inviolabilité était maintenue avec tant de ri-
gueur, que M. Atkins fut obligé, dit-on, de se pas-

ser de son livre de prières, parce que sa femme
était partie en emportant la clef et avait oublié de
sortir les habits de son mari. Celui-ci, d'un caractère ferme et d'une volonté décidée, respectait trop
le secret de cet appartement pour se permettre d'en
forcer l'entrée.

Brown fut amené dans le salon, où il trouva son
ami se berçant mollement sur une chaise à bascule,
sifflant un air fantastique et façonnant des copeaux
avec un morceau de bois de cèdre et avec un canif
carré. Le bruit de pas du visiteur tira Atkins de sa
rêverie; mais à peine eut-il jeté les yeux du côté
de la porte et reconnu Brown, que, devenant pâle
comme la mort, il se leva vivement de dessus sa
chaise et s'empara d'une carabine suspendue au-
dessus de la porte. Il ne se sentit réellement rassuré que lorsqu'il eut vu que l'étranger était entré
seul et que, par conséquent, ses intentions n'étaient
ni suspectes ni hostiles.

—Monsieur Atkins, fit Brown quelque peu étonné
de l'attitude étrange prise par le maître de céans,
et il se hâta de le saluer de la main; je suis fâché
de vous avoir dérangé.

15.

— Pas le moins du monde, pas le moins du monde, répondit le fermier; seulement je..... j'avais
cru....

— Que je ne viendrai pas aujourd'hui. Vous ne
vous attendiez pas à ma visite. Ma longue absence,
les rares visites que je fais à mes voisins, ma qua-
lité d'étranger, tout concourt à rendre ma présence
extraordinaire; les circonstances fâcheuses au milieu desquelles la destinée nous a jetés peuvent seu-
les servir d'excuse à mon intrusion dans vos foyers.

— Mon cher monsieur Brown, répondit, en l'interrompant, Atkins entièrement remis de sa frayeur,
ne parlez pas ainsi, je vous prie; vous êtes, en
effet, un visiteur rare, mais vous n'en êtes pas moins
le bien venu. J'espére que cette visite ne sera que
le commencement de relations plus fréquentes et
plus suivies.

— Je serai très-heureux de mériter votre amitié,
répliqua Brown en lui serrant la main. Il serait même
possible que nous continuassions dans un autre
pays les rapports commencés dans celui-ci : du
moins, j'ai lieu de l'espérer; car on m'a dit que
vous avez l'intention d'émigrer au Texas.

— Oui, tel est mon désir. Mais vous n'avez sans doute pas le même projet, que je sache; car on m'a assuré que vous veniez de pactiser avec les Régulateurs et que vous étiez même devenu leur chef.

— A cela je répondrai oui et non, répondit Brown en souriant. Je me suis joint effectivement aux Régulateurs et je suis un de leurs chefs; mais ma participation à cette société durera à peine un ou deux mois, et je les quitterai dès que nous aurons découvert et puni les assassins des deux infortunés dont la mort est sans doute parvenue à votre connaissance et dont vous avez appris la triste destinée. Je m'éloignerai ensuite de l'Arkansas pour aller servir au Texas.

— Et que dit-on des voleurs de chevaux? demanda Atkins avec anxiété.

— Oh ! je m'embarrasse fort peu de ces malfaiteurs; nous ne les recherchons que parce que nous sommes portés à croire que les assassins font partie de leur troupe. Aussi suis-je décidé à les surveiller de près et à les punir, s'il y a lieu, avec une sévérité exemplaire. Mais ces drôles se cachent avec tant d'habileté qu'il ne nous reste guère d'espoir de les découvrir de sitôt. Pour le moment une seule chose me préoccupe, c'est de trouver les misérables qui ont versé le sang innocent. Que Dieu ait pitié de leur âme, si jamais nous réussissons à mettre la main sur eux; ce n'est pas des hommes qu'ils peuvent espérer la moindre commisération.

— Je m'étonne, observa Atkins, en quelque sorte absorbé en lui-même, que les soupçons ne soient pas tombés sur une personne, quelle qu'elle soit, sur tel ou tel homme en particulier. Et maintenant je me rappelle que c'est vous qu'on accusait du premier de ces deux crimes; mais plusieurs de nos concitoyens ont donné immédiatement une autre version du fait, d'après laquelle vous avez été mis hors de cause. Les dames surtout ont pris chaleureusement votre parti, parce que votre manière d'agir avec Heathcott, le jour où la dispute s'était élevée entre vous deux, n'était certainement pas celle à laquelle recourt un trappeur qui craindrait d'en venir aux mains ouvertement et franchement avec son adversaire. Vous n'êtes pas homme à recourir à un moyen aussi lâche pour vous débarrasser de celui qui vous insulte. Il est probable que l'assassin d'Heathcott n'a commis ce crime que pour s'emparer de l'argent de sa victime. Telle a été ma première pensée. Qui a-t-on vu en dernier lieu avec lui et qui savait que le mort portait dans sa poche une forte somme d'argent, si ce n'est ceux qui demeurent près de Fourche-la-Fave ?

— D'après vous, ce ne serait point un de nos voisins qui aurait commis l'assassinat ?

— A parler franchement, je crois que non ; ce ne sont pas les gens du pays qui ont commis le crime ; car, ajouta-t-il d'une voix plus douce, comme s'il se parlait à lui-même, ceux qui n'ont que des idées confuses en matière d'honnêteté et de moralité reculeraient devant un assassinat accompli de sang-froid.

— M'est avis que vous êtes dans le vrai, fit Brown, qui soupirait et appuyait son bras sur la cheminée, se couvrant la figure de la main droite ; je pense que vous avez raison, et cependant j'attends tous les jours que le Peau-Rouge revienne, car assurément il apportera quelques données positives sur les assassins.

— Lui ! apporter quelque indice ? fit Atkins. Oui,

peut-être, l'Indien est très-habile, non pour retrouver les traces des chevaux volés, car il n'a pas fait preuve d'habileté à cet égard dans ces derniers temps.

— Oh ! c'est qu'il n'a pas voulu se donner la peine nécessaire pour cela, répondit Brown. La mort de sa femme déchire son cœur, à tel point que j'ai craint sérieusement pour sa vie. Du reste, il est arrivé un jour trop tard, car les voleurs s'étaient enfuis, et la pluie avait fait disparaître toutes les traces.

— Oui, cet orage est arrivé fort mal à propos ! répondit le fermier en se frottant les mains avec satisfaction, sans être observé par son interlocuteur... L'eau a effacé les traces, et, grâce à cette circonstance, ces heureux coquins ont pu nous échapper. Ils m'ont volé, l'an dernier, une paire de chevaux sans pareils.

— Il y a longtemps que vous auriez dû déployer contre eux plus d'activité que vous ne le faites, et leur donner la chasse ; par malheur, vous leur avez donné les coudées trop franches. Leur hardiesse s'est tellement accrue par l'impunité que bientôt ils

voleront nos chevaux sous nos yeux. On va même
jusqu'à dire que ces brigands ont, parmi les colons
établis le long de la rivière, un complice qui recèle
les chevaux volés.

— Et qui dit cela? demanda Atkins, qui tressaillit vivement.

— On nous l'a affirmé à notre dernière réunion,
répondit Brown, sans faire attention à ce mouvement d'Atkins. On a aussi mis en avant une proposition tendant à ce que, si ces déprédations conti-
nuaient, on fît une visite domiciliaire chez tous les
fermiers.

— Tout le monde ne serait pas d'humeur à se
prêter de bonne grâce à des actes aussi arbitraires,
répondit Atkins avec humeur. Nous vivons dans un
pays libre, et quiconque se permettrait de passer
sur ma propriété malgré moi ou sans mon consentement, recevrait l'ordre de se retirer immédiatement. Puis, s'il n'obéissait pas, je lui enverrais une
balle en pleine poitrine.

— Vous voyez bien, monsieur Atkins, observa
Brown en se retournant amicalement, que vous
faites exactement la même chose que les Régula-

teurs ; car enfin ce même motif les a amenés à for-
mer leur association et à maintenir leur ligue. Les
lois ne sont pas assez sévères dans l'Arkansas.
L'homme le plus criminel de la terre, contre lequel
on ne peut pas faire valoir des griefs positifs, peut
mettre tout le monde au défi. Si aucun délit, si
aucun crime qualifié n'est articulé contre lui, dès
lors il est sûr de l'impunité ; il se croit le droit
de coucher en joue quiconque s'approche de lui sur
sa défense.

» Eh bien ! selon moi, un tel état de choses est un
encouragement pour les malfaiteurs, et la popula-
tion n'est pas suffisamment protégée. De quelle sé-
curité peut jouir un bon citoyen, du moment que le
premier venu peut s'emparer de son bien sans
craindre d'être découvert ? Vos chevaux, par exemple
dont les traces ont été effacées par la pluie ; eh bien !
les brigands sont maintenant hors de toute atteinte
et jouissent de leurs rapines sans être molestés.

— Mais alors à quoi servent les lois ? demanda
Atkins avec un peu d'humeur, si elles sont impuissantes à remplir le but pour lequel elles ont été
faites.

— Elles ne sont pas précisément impuissantes
en elles-mêmes, répondit Brown; mais seulement
nous vivons dans un temps malheureux, et certaines
circonstances empêchent l'exécution de ces lois.
Supposons, par exemple, qu'un criminel soit réellement pris par le shériff et condamné par le juge; où
est-il détenu jusqu'à ce qu'on puisse le livrer aux
autorités de l'État ? On l'enferme dans un de ces
petits block-houses destinés à servir de prison.
Qu'arrive-t-il alors? C'est que ses amis délivrent le
coupable dès la première nuit de sa captivité.

Atkins sourit en entendant ces paroles.

— On m'a dit, continua Brown sans faire attention
au sourire d'Atkins, que vous-même avez vu se
passer sous vos yeux quelques faits qui confirment
ce que je viens de dire. Quand on parvient enfin,
par chance, à faire coffrer le criminel dans la prison
d'État, à Litle-Rock, il arrive rarement qu'il soit
bien gardé, même en cet endroit. Certains prisonniers, — du moins le bruit en a couru, — certains
prisonniers qui s'étaient évadés de prison, n'ont-ils
pas dit eux-mêmes que la geôle est si mal construite, qu'à peine étaient-ils renfermés qu'ils pou-

16

vaient sortir ? A quoi bon alors nous soumettre aux
lois et livrer les criminels au gouvernement ? On
s'imagine naturellement qu'ils seront tenus en bonne
garde ; pas du tout : quinze jours après, ces bandits ont reconquis leur liberté et recommencé leurs
déprédations.

— Oui, ajouta Atkins en souriant, vos plaintes
sont en quelques sorte fondées ; car je connais un
certain Cotton...

— Où est cet homme à présent ? demanda vivement Brown.

— Cotton ? répondit Atkins de la même manière
et avec un air d'étonnement très-prononcé, Cotton ?
Comment voulez-vous que je le sache ? Si le shériff
est à ses trousses, comme je me le suis laissé dire,
il me serait difficile d'avoir de ses nouvelles.

— On m'a dit qu'il a été vu dans les environs, répondit Brown, qui ne se souciait pas de dire que
c'était d'Ellen qu'il tenait ce renseignement, de
crainte d'attirer des désagréments à la jeune fille.

La manière de parler évasive de son interlocuteur
et l'ignorance où il prétendait être de la retraite de
Cotton éveillèrent cependant les soupçons de Brown.

— On ajoute même qu'il a été aperçu sur le chemin de votre ferme, ajouta-t-il en observant son interlocuteur.

— Oh! c'est possible, répondit Atkins en souriant. Il passe bien du monde par ce chemin, et je ne vois pas tout ce monde-là, moi; d'ailleurs le public aime à jaser.

— C'est vrai ! Ah ! j'oubliais; je viens ici porteur d'un message de la part de Roberts et de Rowson, dit Brown, qui désirait donner un autre tour à la conversation. Oui, Roberts m'a prié... Mais voici mon cheval, s'écria-t-il tout à coup à la vue de sa monture au poil bai brun qu'un des domestiques d'Atkins amenait à la porte.

— Restez, restez, je vous prie, dit Atkins en voyant que Brown allait sortir de la salle ; Dan aura soin du cheval. Dan, conduis le cheval à l'écurie, donne-lui une bonne provende et apporte ensuite la selle et le harnais dans le couloir. Lorsque tu auras fini...

Tout en parlant, Atkins sortit de la salle et acheva sa phrase d'un ton de voix plus bas, de telle sorte que Brown ne put entendre ce qu'il disait. Le do-

mestique cependant fit un signe de tête pour indi-
quer qu'il avait compris la recommandation qui lui
était faite. Il emmena le cheval et ne revint plus de
la soirée.

— Vous avez, dites-vous, un message pour moi?
reprit Atkins à son hôte en revenant près de Brown.

— Oui, répondit celui-ci comme en s'éveillant
d'un rêve. M. Rowson viendra ici lundi prochain,
dès le matin, avec son beau-père, afin de visiter
votre maison et votre propriété, et il espère que
vous serez assez obligeant pour rester chez vous et
l'attendre dans le cas où une circonstance imprévue
l'empêcherait d'être ici aussitôt qu'il le désire.

— Bien; je demeurerai au logis, répliqua Atkins
d'un ton de satisfaction, et je pense que nous tom-
berons d'accord. Ces deux voisins sont, l'un et l'autre,
d'une grande probité et ils ne voudront pas spéculer
sur un pauvre diable qui est sur le point d'émigrer.
Le mariage de Rowson doit avoir lieu après-demain,
n'est-il pas vrai?

— Oui, répondit Brown d'une voix contenue, je
crois que c'est après-demain.

— Assisterez-vous à la cérémonie?

— Qui ? moi ? oh non ! Notre réunion pourra fort bien se prolonger jusqu'au soir, et, dans ce cas, je passerai la nuit chez Barill.

— De quelle réunion parlez-vous ?

— De notre meeting des Régulateurs ; nous nous sommes donné rendez-vous demain chez Barill.

— Eh quoi ! vous vous réunissez demain ? Il faut qu'on ait gardé ce secret avec soin pour que j'en entende parler aujourd'hui pour la première fois.

— Il va sans dire qu'on n'a prévenu que les membres de la société. Mais ce qui m'étonne, continua Brown, qui se flattait d'avoir trouvé une occasion favorable de servir les intérêts du pauvre Wilson, ce qui m'étonne, c'est que Wilson ne vous ait pas parlé de cette réunion ; c'est lui qui avait promis de l'annoncer dans le voisinage, et il n'y avait aucun motif pour en faire mystère.

— Oh ! il y a bien longtemps que M. Wilson n'a paru chez moi, répondit Atkins, dont la figure parut agitée à la simple énonciation de ce nom, et c'est pour cela que je ne sais rien du tout au sujet de cette réunion. Cela m'est, du reste, indifférent, puisque je ne suis pas Régulateur et que je n'ai,

par conséquent, aucun intérêt à la chose. On m'a
dit qu'il s'est formé au Texas des associations ana-
logues.

— Oui, dit Brown, vexé de ce que sa tentative
avait échoué, et décidé à essayer une fois de plus.
Wilson a l'intention de s'établir et de se fixer dans
votre pays, reprit-il en ramenant ainsi la conversation au sujet d'où Atkins semblait prendre à tâche
de l'éloigner, et, à mon avis, vous ne sauriez avoir
un meilleur voisin que ce brave garçon.

— Vous paraissez oublier que je me regarde à
peine comme un habitant du pays, répondit Atkins,
puisque je suis sur le point de vendre, peut-être
lundi prochain ; mais... voici ma femme qui va
préparer le dîner. A propos, j'ai oublié de vous demander, monsieur Brown, comment se porte votre
oncle ; nous avons tous appris avec peine qu'il était
obligé de rester au logis à cause d'une fièvre qui le
faisait fort souffrir. On a beau faire dans l'Arkansas,
on ne peut pas se garantir contre ces maudites at-
teintes qui abattent les hommes les plus robustes
et les écrasent du premier coup.

Brown comprit qu'il était impossible, du moins

pour le moment, de rien faire dans l'intérêt de son ami.

Mistress Atkins rentrait au logis, et peu de temps après elle fut suivie par Ellen et le petit enfant. Brown brûlait du désir d'entrer en conversation avec la belle jeune fille, mais il sut retenir, de peur de tout compromettre. Un regard expressif qu'elle lui jeta à la dérobée lui expliqua suffisamment qu'elle avait le sentiment du service qu'il lui avait rendu en emmenant mistress Atkins. Brown en conclut qu'Ellen avait fait l'usage désiré de la bonne occasion que lui offrait le départ de la vieille matrone.

La conversation voyagea bientôt sur des sujets d'un intérêt général; on parla des pâturages, de la chasse, des vues plus ou moins pitoresques de certaines sites du voisinage, des difficultés qui s'élevaient entre les colons et qui naissaient fréquemment de la division et du mesurage des terres, d'un assassinat qui avait été commis, peu de jours auparavant, vers la rive opposée de l'Arkansas, sur un marchand des bestiaux, auquel on avait enlevé son sac d'argent contenant plus de mille dollars.

Nul n'avait pu découvrir encore le meurtrier, et on n'avait aucune donnée, même apparente, pour découvrir l'auteur de cette atrocité. On parla ensuite de la législature, de l'élection du shériff et du gouverneur, et ainsi de suite, jusqu'à ce que la pendule qui servait d'ornement à la cheminée sonnât onze heures. Le petit marmot, qui avait jusque là dormi tranquillement dans son berceau, commença à s'agiter et à pousser des cris. Ellen le prit dans ses bras et se promena, avec lui, de long en large dans la chambre en cherchant à le rendormir au moyen d'une chanson; mais elle ne réussit pas à le convaincre. Plus elle s'efforçait de calmer l'enfant, plus les cris de cette petite créature devenaient violents et aigus, si bien que, au bout d'un quart d'heure, il offrit à la vue tous les symptômes d'une maladie réelle. Les femmes, saisies de frayeur, coururent de tous les côtés dans la maison pour trouver quelque chose qui pût conjurer le mal.

Mais tout fut inutile. La mère, au désespoir, envoya dans différentes directions pour réclamer les secours des femmes du voisinage, le mulâtre et un journalier qui venait de fabriquer une grande pirogue creusée dans un immense tronc d'arbre ; elle manda ainsi toutes les femmes que mistress Atkins supposait avoir quelque expérience des maladies d'enfants, et les conjura de venir le plus tôt possible et avec toute la rapidité dont leurs chevaux étaient capables.

Pendant ce temps, la pauvre mère semblait avoir perdu la tête. Elle s'en prenait à Ellen, l'accusant de n'avoir pas veillé sur le marmot. La fureur l'entraîna même jusqu'à dire que la jeune fille cherchait à se débarrasser du souci que lui causait le soin de l'enfant et qu'elle était fatiguée de la garder plus longtemps. Vainement Ellen protesta-t-elle de son innocence, et en appela-t-elle à l'affection qu'elle montrait en toute occasion au petit chérubin. Les protestations de la pauvre jeune fille ne servirent qu'à irriter davantage mistress Atkins, qui finit par lui ordonner de ne plus ouvrir la bouche si elle ne voulait pas expérimenter la manière qu'elle emploierait pour vaincre son obstination.

Brown était indigné d'une pareille conduite. Il résolut de tout mettre en œuvre pour servir efficacement la cause de son ami et arracher la pauvre

16.

jeune fille à des traitements aussi indignes. Persuadé que tout moyen de conviction qu'il emploierait ne servirait qu'à aggraver sa position, il crut devoir épier une occasion favorable.

La confusion dans la maison d'Atkins était extrême, et l'état du pauvre petit malade empirait d'un moment à l'autre. Ellen, les larmes aux yeux, essayait de calmer le cher petit être, tandis que mistress Atkins, oubliant la présence d'un étranger, parcourait comme une folle la chambre dans tous les sens, se tordant les mains en disant hautement que le Ciel la punissait ainsi pour ses péchés et ses crimes dans la personne de son enfant innocent.

Tout à coup on entendit au dehors une voix étrange qui demandait à entrer. Les chiens se réveillèrent et se mirent à aboyer et à hurler avec fureur. Le vent, qui pendant toute la journée avait soufflé du sud, venait de changer de direction, et poussait du nord-est des bouffées si violentes que les arbres gigantesques voisins de la maison pliaient et se courbaient dans tous les sens et craquaient à chaque instant. Quand on ouvrit la porte, la lumière qui se trouvait sur la table s'éteignit, et, comme le feu de la cheminée était sur le point de disparaître, toute la maison se trouva plongée dans la plus profonde obscurité.

— Hallo! puis-je trouver ici un gîte pour la nuit? cria-t-on du dehors. Que le diable emporte ces maudits chiens! Voulez-vous bien vous taire?

— Silence, Hector! Silence, Dick! Voulez-vous bien vous coucher, faillis que vous êtes! Vous tairez-vous afin qu'on s'entende? s'écria Atkins qui s'était dirigé vers la porte de la palissade. Entrez, dit-il à l'étranger; mon valet d'écurie aura soin de votre cheval.

— Vos chiens sont-ils méchants? demanda l'étranger qui usa de prudence en enjambant la clôture sur l'invitation d'Atkins.

— Non; ils ne vous mordront pas, répondit Atkins, tant que je serai présent. Entrez et prenez garde de tomber sur ces bois de charpente. Ne vous blessez pas; attention: il y a trois marches à descendre, et l'une d'elles n'est pas très-solide. Ellen, rallumez donc la lampe.

Pendant que tout ceci se passait, Ellen avait déployé la plus grande activité pour raviver le feu de la cheminée, et la pièce fut bientôt assez éclairée pour qu'on pût voir clairement qui se trouvait là.

L'étranger pénétra dans la salle, se débarrassa de sa casaque et de son bonnet de peau de loutre; puis il adressa une révérence à la société, et s'avança vers la cheminée éclairée par les reflets du brasier incandescent, qui flambait grâce aux soins d'Ellen. Le nouveau venu était un homme de taille courte et trapue, d'une forme et d'une vigueur apparentes, aux yeux gris, mais vifs, à la chevelure longue et jaunâtre, à la figure couverte de taches de rousseur. Il était revêtu d'un sarrau de chasse de laine brune, et portait des guêtres de même couleur. A son bras était appendu un sac qu'il déposa à l'angle de la cheminée. Ce sac renfermait probablement les provisions et autres objets dont pouvait avoir besoin un voyageur pour une longue traite à travers les forêts immenses de ce pays inculte. A mesure qu'il approchait des deux hommes qui se trouvaient dans la salle, l'étranger porta les yeux alternativement de l'un à l'autre, comme s'il eût voulu lire dans leurs traits lequel des deux était le maître.

Mistress Atkins parut médiocrement flattée de la

visite de ce nouvel hôte ; car, d'un air de mauvaise humeur, elle prit le petit malade dans ses bras après l'avoir enveloppé dans une couverture, et ordonna à Ellen de l'éclairer vers l'autre partie du bâtiment, où elle fit allumer du feu.

Ellen s'empressa d'exécuter l'ordre qui lui avait été donné, et l'on put croire qu'on ne verrait plus mistress Atkins de toute la soirée.

— Le vent est très-violent, remarqua l'étranger après un long silence pendant lequel il cherchait à reconnaître celui des deux hommes auquel il devait l'hospitalité : la tempête fait rage, et il est à craindre que les chênes du pays ne soient arrachés eux et leurs racines.

— Oui, c'est vrai ; tous les vents sont déchaînés, dit Atkins en jetant un regard scrutateur sur son hôte. Eh! venez-vous de loin?

— Non, pas de très-loin ; seulement du Mississipi.

— Vous vous dirigez probablement vers l'ouest?

— Oui, je me rends à Fort-Gibson. Combien y a-t-il d'ici à Fourche-la-Fave?

— Pas loin, car ma demeure est bâtie sur les bords de la rivière, répondit Atkins en regardant

l'étranger, pendant que Brown, qui s'était senti
fort mal à l'aise, eu égard aux cris de l'enfant, et
considérait l'arrivée de l'étranger comme intem-
pestive, reprit sa place près du feu et s'amusa à
tisonner à l'aide du fourgon.

— Vous avez indubitablement suivi le cours de la
rivière pendant plusieurs lieues sans vous en douter, fit-il en prenant part à la conversation; mais
vous n'avez pas pu apercevoir le courant, car les
roseaux poussent très-épais, et s'étendent sur une
étendue d'un quart de lieue.

— Je m'imaginais bien que je ne pouvais pas être
fort éloigné de la rivière, car le cannier est d'une
magnifique venue. Les pâturages sont-ils bons dans
ce pays?

— Oh! excellents, répondit Atkins en fixant de
nouveau ses regards sur l'étranger.

Brown cessa de tisonner, et, perdu dans ses pensées, il laissa tomber le fourgon de bois dans les
cendres brûlantes, qui jaillirent en étincelles flamboyantes. Il regardait machinalement la plaque de
fer de la cheminée comme s'il cherchait à se rappeler quelque chose qu'il avait oublié.

— J'ai fait une longue traite aujourd'hui, dit enfin l'étranger en rompant le silence général; aussi le vent m'a desséché le gosier. Oserai-je vous demander un verre d'eau fraîche?

— A votre service, répondit Atkins en se levant pour aller remplir un gobelet à un seau qui se trouvait dans un coin de la salle.

Brown, dans l'esprit duquel avait surgi une idée lumineuse, examina l'étranger d'un air sombre. Celui-ci, à son tour, jeta sur Brown un regard obséquieux qui trahissait une curiosité extrême; mais il se tourna ensuite vivement vers Atkins, des mains duquel il prit le verre d'eau et but à sa soif sans s'arrêter.

— Puisque vous buvez de l'eau, je me sens altéré moi-même, observa Brown d'un air très-tranquille, tout en se rappelant très-bien la conversation dont il avait entendu quelques mots dans la cabane des bords de l'Arkansas, et il était résolu à cacher à tout prix ses soupçons aux deux hommes qui se trouvaient là avec lui.

— Un moment, gentlemen! s'écria Atkins; on ne boit pas un liquide aussi froid et aussi fade quand le temps est à l'orage. Si vous ajoutiez un peu de whisky à votre eau, qu'en dites-vous? Cela serait du moins une boisson agréable qui ne vous ferait aucun mal.

— Je ne crois pas qu'aucun de nous ait horreur du whisky, répliqua l'étranger avec un air de satisfaction.

Atkins, sur ces paroles, se dirigea vers le placard, d'où il retira un broc et trois petits verres.

— Allons! monsieur Brown, servez-vous, observa Atkins en présentant le broc à son hôte. Que faites-vous donc? vous ne vous êtes versé qu'une goutte de liqueur. Bon! voilà qui vaut mieux; n'ayez pas peur, c'est du chenu! Plus il fait mauvais dehors, plus nous devons songer à nous chauffer le coffre. Maintenant veuillez nous dire votre nom, monsieur? Moi, je m'appelle Atkins, et le gentleman que voici M. Brown.

— Mon nom est Jones, répondit l'étranger, John Jones; c'est là un nom qui n'est pas difficile à retenir, n'est-ce pas? Buvons donc à notre connaissance plus intime. Monsieur Atkins, monsieur Brown, à votre santé!

Et, sur ces mots, il approcha le verre de ses lèvres.

Les traits d'Atkins se contractèrent et se couvrirent d'une teinte livide quand il vit celui qui prenait le nom de Jones boire à la santé et à la connaissance plus intime d'un Régulateur, et, appelant à lui toute son énergie pour ne point se trahir, même par un coup d'œil, il fit bonne contenance, et ses traits reprirent leur expression accoutumée.

Une seconde fois il fit raison à ses hôtes sans faire semblant de rien et leur dit :

— Puissions-nous devenir et rester toujours bons amis !

Pendant que cela se passait, Ellen avait étendu les matelas et les couvertures par terre, et quand Atkins lui demanda comment allait le petit, elle répondit qu'il était toujours bien souffrant et que personne ne savait ce qu'il fallait faire pour le guérir.

— Pouvez-vous disposer d'un quart d'heure sans que l'enfant en souffre ? demanda le père du petit être.

— Je ne sais pas si mistress...

— Ne crains rien, va à la cuisine, fit Atkins en

réprimant sa mauvaise humeur ; fais préparer à
souper à M. Jones. Je vais aller retrouver mistress
Atkins pendant que tu veilleras à ces soins.

Le fermier sortit de la chambre et Ellen eut bientôt apprêté tout ce qui compose le simple repas des
fermiers de l'ouest, repas qui se composait simplement de pain de maïs chaud, de lard fricassé, de
beurre, de fromage et de miel.

Les deux hommes étaient tranquillement assis
près de la cheminée, et Brown admirait la taille
svelte et élancée de la jeune fille, qui mettait la
plus grande exactitude à faire ce qu'on lui avait
commandé.

Jones, absorbé dans ses pensées, tisonnait le feu,
et frappait sur les bûches enflammées, faisant tomber les charbons ardents de manière à faire jaillir
les étincelles de tous les côtés ; passe-temps qu'il
n'interrompait de temps à autre que pour jeter un
regard impatient, d'abord sur la pendule, puis vers
la porte par laquelle il espérait voir revenir Atkins.

Celui-ci arriva enfin au moment où le souper
était prêt. La vaillante cuisinière n'était pas au

bout de sa peine; car on entendit aussitôt piétiner les chevaux dans la cour; des voix de femmes se mêlaient à ce bruit qui arrivait confus aux oreilles de ceux qui étaient dans la salle; puis la parole aiguë de mistress Atkins se fit ouïr dans l'autre partie du bâtiment, d'où elle ordonnait qu'on lui fît du café, et domina les clameurs.

Brown était demeuré tranquillement assis dans un coin du foyer, la tête appuyée sur le manteau de la cheminée, au moment où Atkins alluma une chandelle en lui disant avec courtoisie :

— Monsieur Brown, vous paraissez avoir besoin de repos. Voici de la lumière; si vous voulez vous coucher, je vais vous conduire à votre chambre.

— De grâce ! ne vous mettez pas en peine de moi, répondit le jeune homme qui avait remarqué les lits qu'Ellen avait préparés l'un à côté de l'autre dans un angle de la salle. Je puis attendre et je n'ai pas du tout envie de dormir.

— Nous avons là-haut un lit où personne ne vous dérangera, observa Atkins, et demain matin vous pourrez partir d'aussi bonne heure que vous voudrez pour vous rendre chez Barill. Nous ne pour-

rons guère dormir ici ; car je viens d'entendre arriver plusieurs femmes de fermiers. Je crains vraiment que mon enfant ne soit plus malade que je ne
l'avais cru.

— Décidément les dames sont nombreuses chez
vous.

— Il y en a malheureusement trop ! répéta le
fermier en poussant un soupir; et veuille le ciel
que la constitution du pauvre petit soit assez forte
pour triompher du mal ; car sans cela elles feraient
mourir le cher petit être à force de bavarder, et...

— Dans ce cas, il convient que je me retire ! répondit le jeune homme en souriant. Bonne nuit,
gentlemen. Probablement M. Jones va bientôt me
rejoindre ?

— Oh ! il n'y a qu'un lit là-haut. Je tâcherai
d'accommoder M. Jones ici.

— Ne vous mettez pas en peine de moi, je vous
en prie, répliqua Jones, qui présenta son verre à
Ellen pour que celle-ci le remplît en versant le liquide contenu dans un pot d'étain. Bonne nuit,
donc ! Si vous ne partez pas de trop bonne heure,
demain matin, je pourrai avoir le plaisir de faire

un bout de chemin avec vous, si, toutefois, vous prenez la même direction que moi ; ce dont je doute.

— Je vais en amont de la rivière et je compte partir de bonne heure, dit Brown : bonne nuit, gentlemen.

Le brave garçon adressa un signe d'intelligence à la jeune fille, et s'éloigna conduit par son amphitryon qui l'amena dans la chambre du premier.

Atkins ne fut pas longtemps absent. Les deux hommes, débarrassés d'un tiers importun, avaient cependant encore un témoin près d'eux ; ce témoin c'était Ellen. Aussi longtemps qu'elle resta dans la salle, occupée à son ouvrage, ils gardèrent un silence morne et significatif. L'excellente fille avait achevé de préparer les lits, de nettoyer le broc et les habits ; elle posa enfin la lumière sur la table, prit la cafetière et le panier aux verres pour les porter de l'autre côté du bâtiment et se retira en souhaitant la bonne nuit aux deux hommes, qui n'entendirent point son salut, ou qui du moins n'en tinrent pas compte.

Ellen n'eut pas plutôt quitté la chambre qu'Atkins

se leva et éteignit la lumière, de sorte que la pièce se trouva à peine éclairée par la lueur des charbons ardents du foyer. Il pria enfin son hôte de prêter attention à ce qu'il allait dire.

— Sans nul doute quelqu'un vous a envoyé vers moi, dit-il à voix basse à M. Jones, après l'avoir emmené à une certaine distance de la maison, de manière que leur conversation ne pût être entendue de personne.

— Oui, c'est vrai, répondit l'étranger. Quel est votre nom ?

— Atkins.

— Très-bien ! Je vous amène des chevaux.

— Au coude que fait la rivière.

— Ils sont donc restés dans l'eau ?

— Mais certainement.

— Comment connaissez-vous donc si bien le pays ? Ce n'est pas la première fois que vous venez ici ?

— Probablement non, répondit l'homme en souriant. J'ai passé mes jeunes années dans l'Arkansas. C'est moi qui ai vendu cette propriété à Brogan, et c'est lui qui vous l'a cédée.

— C'est donc vous qui avez pratiqué « le secret ? »

— Oui; mais motus là-dessus, fit Jones avec précaution. Il n'est pas prudent d'appeler les choses par leur nom; on pourrait nous entendre par cette nuit noire, sans que nous nous en doutassions. Je me tiens toujours sur mes gardes en pareil cas. L'entrée est située à l'angle de la clôture.

— C'est cela; juste à côté du fleuve.

— Très-bien; mais ce que nous avons de mieux à faire, c'est d'aller chercher les chevaux pour les mettre en lieu sûr.

— Bon ! Je vais les quérir.

— N'avez-vous pas besoin de moi pour vous aider?

— Je puis agir tout seul jusqu'à ce qu'ils soient dans la cour, répliqua l'étranger en s'éloignant et disparaissant dans l'obscurité.

Atkins rentra chez lui, fit avec précaution la ronde autour de sa maison, traversa la cour et se dirigea vers une espèce de hangar où une huitaine de chevaux erraient en liberté; puis, franchissant la clôture, il disparut bientôt dans l'obscurité.

Brown, qui avait vu sortir les deux hommes à travers les fentes du toit, fut ainsi confirmé dans les soupçons qu'il avait conçus. Pendant quelque temps il demeura indécis. Les suivrait-il pour les découvrir sur le fait, ou resterait-il dans la maison et les laisserait-il ainsi accomplir leur œuvre clandestine ? Que pouvait-il faire seul et sans armes contre deux ? Ces hommes étaient certainement en garde contre toute surprise ; il leur donnerait l'éveil sur la découverte qu'il avait faite, et alors toute chance de les prendre en flagrant délit serait perdue. Ces considérations décidèrent donc le brave garçon à rester couché, et il ne trouva rien de mieux à faire que de se mettre à réfléchir sur les événements de la journée.

A coup sûr, Ellen, l'innocente jeune fille, n'était point complice de ces méfaits ; car comment alors eût-elle parlé avec autant de naïveté des visites nocturnes de Cotton, que l'autorité recherchait depuis quelque temps avec le soin le plus minutieux ? Dans quel repaire était caché ce Cotton ? Quelle était la cabane assez retirée ou le hallier assez épais qui recélait ainsi ce brigand et le soustrayait aux yeux de tous les habitants ? Évidemment sa retraite n'était pas éloignée, car il n'oserait pas s'aventurer à une grande distance, surtout pendant le jour.

Brown se demandait en quel endroit Cotton se cachait, et il rappela, les uns après les autres, les noms de tous les colons du voisinage. Ce fut d'abord Wilson ; mais celui-ci ne pouvait évidemment pas être complice de Cotton. Puis Pelter ; mais lui aussi était un des Régulateurs. Johnson : il était fort possible, se disait-il, que ce fût lui, et ses soupçons grossissaient à mesure qu'il songeait à cet individu. On avait rencontré les chevaux de Johnson la nuit où l'on avait poursuivi les voleurs, et pourtant Hasfield affirmait avoir vu les traces de ses propres animaux. Il était sûr entre autres que les indices qu'on avait trouvés sur la rive nord de la rivière étaient ceux de ses chevaux à lui, et cependant, en suivant les traces marquées sur la rive méridionale, il avait trouvé des traces toutes différentes.

Curtis, Cook et Hasfield avaient affirmé n'avoir point vu, le jour précédent, la moindre trace de

17

cheval. C'était donc entre Johnson et Cotton, oui, c'était entre ces deux hommes qu'il y avait accord et intelligence. Le doute n'était plus possible.

Les idées de Brown, comme on le voit, s'embrouillaient, et les différentes personnes qu'il avait vues et les lieux qu'il avait visités se confondirent dans son esprit, retraçant à son souvenir des images bizarres. Son imagination travailla si bien qu'il finit par rêver qu'il était lui-même Rowson le prédicateur, Rowson au bras duquel se penchait Marion, qui lui prodiguait mille caresses et l'appelait des noms les plus tendres. Il se désolait, même en rêve, de ce que toutes ces démonstrations d'amour s'adressaient à son rival. Enfin ces illusions nocturnes s'évanouirent; harassé de fatigue, l'esprit tendu par tout ce qu'il avait vu et appris, le bon Brown s'abandonna au plus profond sommeil.

FIN DES VOLEURS DE CHEVAUX [1]

1. L'épisode qui suit *les Voleurs de Chevaux* a pour titre *les Pionniers du Far-West*.

TABLE

Pages.

I. — La Flèche-Emplumée laisse sa femme dans sa
hutte — Weston et Cotton attendent leurs
camarades.   1

II. — La Ruse des voleurs de chevaux — La surprise
— Alapaha et Rowson.   16

III — La Jeune Indienne démasque l'infamie du méthodiste — La Fuite des brigands   36

IV. — Brown retourne auprès de son oncle — Rencontre mystérieuse dans une hutte abandonnée.—
L'Indien — Le vieux fermier — Voyage en
canot.   57

V. — Le Prêche — Un terrible message   93

VI. — Veillée funèbre.   130

VII. — Les Funérailles d'Alapaha.   158

VIII. — Aventure arrivée à Roberts pendant une chasse
aux panthères — Deuxième expédition sur
l'eau.   169

IX. — L'Habitation de Harper — Récit de l'aventure
survenue à Cook en poursuivant les voleurs
de chevaux — Histoire merveilleuse de Harper
et de Bahrens.   186

28 novembre 76

TABLE

X. — Rowson et Roberts — Le Contrat de mariage — Retour d'Assowaum. 212

XI. — Les Aveux de Wilson — La Belle blanchisseuse — Le Berceau de l'Arkansas — La Retraite. 233

XII. — L'Habitation d'Atkins. — Un nouvel hôte. — Le Mot de passe. 255

Poissy. — Typ. S. Lejay et Cie.

www.ingramcontent.com/pod-product-compliance
Lightning Source LLC
Chambersburg PA
CBHW052006020726
47501CB00004B/1035